KB042718

# 신분상승 가속자

# 신분상승 ₁ 가속자

**초판 1쇄 인쇄일** 2016년 6월 22일 ┃ **초판 1쇄 발행일** 2016년 6월 27일

**지은이** 철갑자라 ┃ **펴낸이** 곽중열 ┃ **담당편집 팀장** 이범수
**편집부** 신연제 이윤아 홍현주 김유진

**펴낸곳** (주)조은세상 ┃ **출판등록** 제 2002-23호
주소 경기도 연천군 미산면 청정로 1355
TEL 편집부 02)587-2966 ┃ FAX 02)587-2922
e-mail bukdu@comics21c.co.kr

철갑자라 현대판타지 장편소설

NEO MODERN FANTASY STORY

# 신분상승 가속자

북두
(주)좋은세상

# CONTENTS

NEO MODERN FANTASY STORY

프롤로그

# 신분상승 가속자

## 프롤로그

처음엔 지옥에 왔다고 생각했고,

수차례 반복되자 그저 끔찍한 악몽이라 생각했다.

하지만 그렇다고 하기엔 너무 모든 것이 생생하고 분명
했다.

밤마다 나는 꼭대기 층을 알 수 없는 거대한 던전의 하급
마물로써 눈을 떴다.

그러자 헷갈리기 시작했다.

대한민국의 돈 없는 을로 사는 내 낮의 삶이 진짜인지,

아니면 어떤 면에선 더 생존에 간절한 내 밤의 삶이 진짜
인지.

허나 오래 고민하지 않았다.

어차피 둘 다 내겐 고통스럽고 벗어날 수 없는 족쇄 같은
삶이었다.


게다가 두 삶을 하나의 물질이 엮어주었다.


밤 삶에서 대한민국을 떠올리고 낮 삶에서 던전을 떠올
리자,

그것이 홀연히 내 안에 새겨졌다.

[뫼비우스 초끈을 습득했습니다.]

1 장 - 강제 식사

# 신분상승
# 가속자

# 1 장 - 강제 식사

아니나 다를까 이번에도 눈을 붙이자 이곳에서 눈을 떴다.

벌써 제대로 잠을 잔 것이 2주전 얘기다.

2주 내내 잠을 자려고만 하면 이곳에서 눈을 뜬다.

"끄륵."

"끄르륵."

까마득하게 펼쳐져 있는 던전 1층.

나는 현재 뇌와 눈, 그리고 소화기관과 거의 폐물이나 다름없는 점성질의 몸을 가진 하급 마물이다.

[남은 생존 시간: 34초.]

이 던전에 대해 내가 알고 있는 이유는 뫼비우스 초끈 덕분이다.

낮과 밤의 경험을 동시에 생각하자 내 안에 새겨짐을 자각했다.

어쩌면 미리 잠복해 있었던 걸지도.

[남은 생존 시간: 13초.]

"꾸르륵."

1층에는 온통 역겨운 폐기물과 배설물들뿐이었다.

나는 끔찍한 처벌을 받듯이 매순간 넘쳐흐르는 쓰레기를 먹어 분해시켜야 했다.

1분 내 식사를 하지 않으면 내 몸은 말라붙어 소멸해버린다.

[생존하기 위해 식사를 계속하십시오.]

이 또한 뫼비우스 초끈이 알려준 바다.

그냥 악몽이니 죽어버릴까도 생각해봤다.

하지만 섬뜩하게도 뫼비우스 초끈은 낮 시간에도, 내게 말을 걸었다.

정상적인 인간으로서 재수 공부와 편의점 알바를 할 때도 말이다.

그러니 여기서 죽으면 진짜 끝이라는 경고는 거짓이 아닐 가능성이 농후했다.

[남은 생존 시간: 43초.]

편히 자기 위해 눈을 붙였지만 매순간 죽음의 공포에 쫓겨야 했다.

주변엔 나 같이 생긴 하급 마물들이 수억 마리씩 기어

다녔다.

지저분한 폐기물과 배설물 사이를 헤쳐 다니며.

징그러운 장면이었지만 사는 게 먼저였다.

"꾸륵."

역겨운 물질을 삼켜 넘기면 몸속에 있는 소화기관이 고통스럽게 그 물질을 분해시켰다.

그렇게 나는 2주동안 밤새 지옥에 있는 것 같은 처벌을 받아야만 했다.

억지로 밤을 새려고 해도 기절하듯이 눈이 감겨버렸다.

그게 아니어도 애초에 잠을 자지 않고 얼마나 오래 버틸 수 있으랴.

쿠드드드.

지루하지만 매순간이 고통스러운 1층.

2주 만에 처음으로 마주하는 광경이 벌어졌다.

땅이 심히 흔들리더니 배설물과 폐기물이 쏟아지는 구멍으로부터 빛이 뿜어져 나왔다.

콰앙! 쾅! 콰앙!

구멍으로부터는 3개의 황금색 캡슐이 내리 찍혔다.

황금색 캡슐엔 130이라는 숫자가 적혀 있었다.

[130층 귀빈들이 등장했습니다. 도망치세요.]

나는 내가 1층 하급 마물이라는 것을 알고 있었다.

하지만 이 던전이라는 곳이 130층까지 뻗어 있을 거라곤 생각지 못했다.

그저 꼭대기가 어딘지 모른다는 것 정도였다.

치이이익.

"꾸륵."

캡슐이 열리고 내부에서 황금색 갑옷을 입은 존재들이 걸어 나왔다.

손톱만 한 나와 달리 키가 130cm는 되는 것 같았다.

"찾아라!"

"반드시 찾아야 한다!"

"안 그러면 우리 층 10분의 1이 제물로 먹혀버리게 된다!"

나는 뫼비우스 초끈이 시킨 대로 열심히 뒤돌아 도망치기 시작했다.

그래봤자 손톱만한 벌레의 몸으로 배설물 사이를 기어다니는 것이었다.

"자, 어디 있느냐!"

우웅.

130층 존재들이 괴랄하게 생긴 랜턴을 꺼내들었다.

그러자 푸르스름한 보랏빛이 1층을 널따랗게 덮었다.

치직.

나는 몸이 따갑다는 걸 느꼈다.

처음으로 던전에서 소화 외의 고통을 느껴보았다.

[마력 랜턴의 범위로부터 벗어나십시오. 보상: 뫼비우스 3권능 개방.]

2주 만에 갑작스레 숨 막히는 상황이 벌어졌다.

뫼비우스 초끈은 내게 계속 도망치라고 했다.

처음으로 보상까지 내걸면서 말이다.

"꾸륵."

[남은 생존 시간: 40초.]

그냥 하찮은 몸으로 도망만 치는 게 아니었다.

중간에 굶어죽지 않기 위해서 식사도 계속해야 했다.

"끄라아악!"

"끄렉!"

뒤 편에서 비명 소리가 들리기 시작했다.

130층 존재들은 원활한 이동을 위해 거리낌 없이 1층 마물들을 짓밟고 다녔다.

그들의 발바닥에 매순간 수십 마리의 마물들이 짓눌려 죽었다.

"끄륵."

그제서야 더더욱 죽음의 공포가 강렬히 다가왔다.

비록 말도 못하는 벌레 같은 하급 마물들이지만 지금만큼은 나와 동족인 자들이었다.

저렇게 간단히 죽어나가는 걸 보니 정말 벌레 목숨이란 게 느껴졌다.

나도 마찬가지.

"이 쪽에서 반응이 온다!"

"이 쪽으로!"

"끄라아악!"

저들의 보폭을 내 하찮은 기어감으로 앞지를 수 있을 리 만무했다.

등골이 서늘해진다.

130층 존재들은 마력 랜턴을 통해 내가 있는 방향을 유추했다.

"꾸륵!"

나는 오래된 저화질 모니터보다도 못한 시력으로 열심히 주변을 살폈다.

꿀럭 거리며 넘실거리는 배설물의 강을 보았다.

"끅."

그래. 유일한 길이자 도박이다.

나는 힘껏 기어가 배설물의 강에 몸을 던졌다.

촤르르르.

다행히 배설물 강에 내 가벼운 몸이 파묻히진 않았다.

나는 표면에 뜬 채로 빠르게 던전 1층의 낮은 곳으로 흘러갔다.

몸을 꿈틀거려 뒤를 보니 130층 존재들이 급격히 멀어졌다.

"이런 빌어먹을! 대체 이 쓰레기장에서 뭘 찾으라는 거야!"

"언제 찾아, 이 방법으로!"

"인원을 증강해야 한다. 2시간 만 더 찾아보고 안 될 것 같으면 마력 랜턴과 인원을 보충해서 돌아온다!"

뒤편에서 130층 존재들이 분노에 차서 비명 지르는 게 들렸다.

어느 정도 멀어지자 나는 강의 끝자락에서 벗어나 구석으로 몸을 굴렸다.

"꾹."

배설물 강 주변의 구석진 돌에 몸이 쳐 박혔다.

다행히 130층 존재들에겐 붙잡히지 않았다.

게다가 배설물 강의 내용물을 조금씩 삼킨 덕분에 굶어죽지도 않았다.

하지만 기쁜 일은 그것 뿐만이 아니었다.

[완료. 보상으로 뫼비우스 3권능이 주어집니다.]

[2주간의 생활로 던전에 대한 혼의 동기화가 완료 되었습니다.]

[이제 뫼비우스 3권능을 사용할 수 있게 됩니다.]

[뫼비우스 3권능은 밤의 색채를 띕니다.]

[밤의 색채를 띄는 권능은 던전에서만 사용 가능합니다.]

그저 치료 받지 못할 병 같은 거라 생각했다.

밤마다 끔찍한 식사를 계속하며 굶어죽을 공포를 견뎌야 하는.

하지만 뭔가가 달라졌다.

다시 한 번 무서운 점은, 뫼비우스 초끈이 내가 밤에만 던전에 존재한다는 걸 아주 정확히 인지하고 있다는 것이었다.

[뫼비우스 3권능 - 학습률1000% / 각성 / 능력 흡수.]

이제까지 나는 그저 반복적인 식사만 계속하는 벌레 같은 마물이었다.

하지만 척 보아도 새롭게 얻은 능력들은 그에 비할 바가 안 되는 초월적인 특권들이었다.

뭔가 달라질 수 있을까?

1층이 있다면 2층도 당연히 있다는 건데.

[권능에 대한 설명들을 보시겠습니까?]

당연하지.

밤 시간이 단순히 고문이나 지옥 같지만은 않을 수 있다는 희망에 얼른 수락했다.

그러자 새로운 길들이 보이기 시작했다.

뫼비우스 초끈은 간략하게 각 권능에 대해 설명해주었다.

그러한 권능의 특성들을 보니 딱 한 가지 생각이 들었다.

올라갈 수 있다.

1층에서 벗어날 수 있다.

그렇게 생각하니 맘과 머릿속에 불이 붙는 것 같았다.

[제 1 권능 - 학습력1000% - 육체의 본질적인 성장에 필요한 경험치를 항상 10배로 얻게 됩니다.]

[부가 패시브 – 서열 본능 습득! 던전 내 모든 마물들은 층 내 서열 본능이 있습니다. 층 안에서 자신의 서열과 상대방의 서열을 정확히 인지할 수 있습니다.]

[던전에서 당신의 이름은 카몬입니다.]

[카몬 – 1층 – 13억 3412만 223위.]

안 그래도 하찮은 1층에서 정말 난 아무 것도 아님을 자각할 수 있었다.

벌레 중에서도 억 단위로 낮은 서열이라니.

그래도 항상 이렇진 않을 거라는 희망이 생겼다.

지금으로썬 그걸로 된 거다.

[제 2 권능 – 각성 – 현재 주어진 육체의 가능성을 극한으로 끌어냅니다. 육체가 성장할수록 당연히 각성의 범위도 늘어납니다. 각성 중에도 성장은 원래 상태를 기반으로 계산됩니다. 단 권능은 한 번에 하나만 선택 가능합니다.]

각성이라. 각성을 사용할 때는 학습률1000%를 사용하지 못하는구나.

그러면 정말 급할 때 임시적으로 힘을 증폭시키는 용도일 것이다.

[제 3 권능 – 능력 흡수 – 던전에는 층마다 단순히 우월한 육체 뿐 아니라 특별한 능력을 지닌 존재들이 서식합니다. 그들의 능력을 흡수할 수 있습니다. 숙련도에 따라 흡수 조건이나 흡수 개수가 달라집니다.]

[현재 뫼비우스 초끈 숙련도 (1층급-F). 흡수 능력 칸: 1
개.]

각성과는 또 다른 느낌이다.

길게 사용하는 게 아니라 단발성으로 사용하는 거구나.

이제야 알았는데, 던전은 층으로만 서열이 나뉘는 게 아
닌 것 같다.

층 내에서도 서열이 존재하는구나.

[타겟 - 1층 - 11억 7413만 6433위.]

과연 강화된 뫼비우스 능력으로 주변을 바라보니 마물들
의 서열이 보였다.

그리고 그제야 왜 식사 동선이 겹칠 때 한 마물이 비켜서
는 지 알았다.

비록 말 못하는 벌레 같은 마물들이라도 서로의 서열을
알아보는 것이었다.

"꾸르르."

성장하고 능력을 흡수하고, 각성하라.

뫼비우스 초끈이 전해주는 바는 간단하고도 강렬했다.

서열을 올리라는 것.

그것도 매우 빠르고 효율적으로.

나는 고통만 가득하던 밤중에서 처음으로 희열을 느낄
수 있었다.

[학습률1000% 상태에서 식사를 하십시오.]

듣자하니 2주간은 동기화 시간이었던 것 같다.

이곳이 단순히 내 정신병 속 세계가 아니라면, 분명 실제 적응 기간이 필요하긴 했을 테지.

이제부터 시작이구나.

[학습률1000%를 선택합니다.]

[미니 퀘스트 - 10분 안에 0.1L의 배설물을 소화하십시오! 보상: 추가 레벨 업.]

육체의 본질적인 수준은 레벨로 평가되는 것 같다.

그렇게 생각하자 스텟 창이 보였다.

[Lv.1 / 힘: 0.0001]

끔찍한 수준이 아닐 수 없었다.

살아 있는 것, 분해하는 것.

그 외에는 의미 없는 존재였다.

지금은.

"꾸르륵."

나는 식사를 시작했다.

2주간 계속해온 끔찍한 노동이자 자학 행위였다.

그럼에도 이젠 무의미하지 않았다.

그래서 고통을 마주하는 내 자세가 달랐다.

억지로가 아니라 기꺼이 하는 것이었다.

-레벨 업! [Lv.12 / 힘: 0.0012]

몸이 미약하게 흔들리며 커지는 게 느껴졌다.

그래봐야 1mm도 안 되었지만, 내 몸이라 미세한 변화도 느껴졌다.

잠깐의 식사로 이 정도 성장을 하다니.

"꾸르르."

희망 정도가 아니었다.

확인을 하자 제대로 불이 붙었다.

"꾸르륵."

나는 열심히 식사를 하기 시작했다.

마구잡이로 삼켜넘기며 소화기관에 과부하가 걸릴 정도로 식사를 했다.

매순간 느껴지는 고통이 더 우월한 곳으로 가기 위한 대가라고 생각하니 맘가짐이 달라졌다.

"꾸르륵."

-레벨 업! [Lv.223 / 힘: 0.0223]

얼마나 미친 듯이 식사를 했을까.

몇 시간이 지나자 나는 완전히 다른 존재가 돼 있었다.

이제는 기어가는 것에 리듬을 탈 수 있을 정도로 몸의 형태가 잡혔다.

게다가 소화 효율과 식사량도 늘어났다.

[카몬 - 1층 - 11억 128만 774위.]

그간은 몰랐는데 서열 본능이라는 게 존재한다는 걸 알게 되자 나도 내 위치를 의식하게 되었다.

고로 하루만에 2억 위나 서열을 올렸다는 게 매우 뿌듯할 수밖에 없었다.

"꾸륵."

마약에 취한 것 같았다.

식사의 고통마저 성장이란 희열의 일부처럼 느껴졌다.

커피의 쓴맛보다 좀 더 고약하고 더러운 고통 같았다.

"꾸르륵!"

[타겟 – 1층 – 8억 7875만 1142위.]

잔뜩 몰입하여 식사를 하는데 웬 마물하나와 동선이 겹쳤다.

[남은 생존 시간: 21초.]

여유가 없는 탓에 얼른 내 동선 앞에 있는 찌꺼기를 삼켜 넘겼다.

매순간 식사를 해도 죽어라 기어가 식사할 대상에게 가까워져야 했다.

그렇기 때문에 전이나 지금이나 굶어죽는 위기에 쫓기는 건 마찬가지였다.

그러자 나보다 서열이 높은 마물이 나를 잡아먹으려고 주둥이를 벌렸다.

"꾸렉."

나는 황급히 몸을 돌려 도망치기 시작했다.

괜히 나보다 서열이 높겠는가.

척 보아도 소화력이나 몸집이 나보다 컸다.

서로 물고 소화시키려하면 공멸하더라도 일단 내가 먼저 죽는다.

"꾸르륵!"

비록 벌레 같이 생겨서 매순간 식사밖에 못하지만, 뫼비우스 초끈이 말한 대로 서열 본능을 분명히 인지하고 있구나.

그냥 다른 곳으로 식사를 하러 가면 될 텐데 구태여 나를 쫓아오고 있다.

나는 점점 좁혀지는 거리에 몸이 떨리기 시작했다.

"꾸르륵!"

"꾸륵!"

매우 느리고 조용하지만 살벌한 추격전.

그 속에서 난 내가 새로이 얻은 제 2 권능 떠올렸다.

[각성.]

꾸르르륵.

온 몸이 갑자기 부풀어 오르며 저화질 시력의 눈높이가 달라졌다.

스윽 뒤를 돌아보았을 때, 나를 쫓던 마물은 나보다 한참이나 작아보였다.

"꾸렉."

이번에는 추격전의 양상이 바뀌었다.

보복으로 나를 잡아먹으려던 마물이 역으로 도망치기 시작했다.

나는 놈이 괘씸하다고 생각했다.

같이 굶어죽을 걱정하는 팔자끼리 서열 놀이를 하다니.

"꾸르륵!"

나는 큰 폭으로 기어가 놈의 꼬리를 물었다.

"꾸레에엑!"

놈이 살려달라는 듯 비명을 질렀다.

하지만 나는 놈을 살려줄 맘도, 잡아먹을 맘도 없었다.

비록 내 신세가 이렇다곤 하나 그냥 벌레 같은 마물이 아닌가.

"끄레엑!"

파사삭.

끝내 시간을 끌자 꼬리가 잡힌 놈은 굶어죽고 말았다.

[학습률1000%를 선택합니다.]

나는 얼른 옆으로 굴러 다시 식사를 시작했다.

한 순간도 낭비하기가 싫었다.

-레벨 업! [Lv.367 / 힘: 0.0367]

그 뒤로 광적인 식사는 계속됐다.

쌓여가는 레벨과 힘을 보니 맘이 뿌듯했다.

그러면서 문득 내가 말려 죽인 마물이 생각났다.

뭔가 맘이 시원하진 않으면서도 딱히 죄책감이 느껴지진 않았다. 사람이 아니라 그런가.

[미러 퀘스트 - 리치 핏에 입성하라.]

[미러 퀘스트는 밤의 색채일 경우 낮에 보상을 주고,

낮의 색채일 경우 밤에 보상을 줍니다. 반드시 완료하도록 최선을 다하십시오. 생존과 직결될 수도 있습니다.]

식사를 계속해 무조건 우월해지려는 단순한 생각을 뫼비우스 초끈이 다시 한 번 끊어놓았다.

이보다 더 극적일 순 없을 거라 생각했는데, 낮에 영향을 줄 수 있는 퀘스트가 등장했다.

"꾸륵."

폐기물을 삼켜 넘기며 나는 하나밖에 없는 저화질 눈알을 대록 굴렸다.

❖

미러 퀘스트는 여러모로 내게 시사하는 바가 컸다.

그간은 뫼비우스 초끈의 존재 그 자체만이 낮과 밤을 연결시켜주는 유일한 요소였다.

내가 미치지 않았을 거라는 가능성을 드러내는 희미한 존재.

하지만 미러 퀘스트는 실제로 영향을 끼칠 수 있는 계기라고 한다.

그렇다면 적어도 두 가지가 유추된다.

낮에서 밤의 흔적을 확인할 수 있는 기회,

그리고 낮에서 뫼비우스 3권능 같은 초현실적 요소를 경험할 수 있는 기회.

"꾸르륵."

단순히 밤 때만 고통에서 벗어나 발버둥 치려는 것이 아니게 된다.

낮에도 나는 뫼비우스 초끈을 적극적으로 활용할 수 있게 된다.

낮이 밤으로 흘러가고 밤이 낮으로 되돌아가는.

-레벨 업! [Lv.512 / 힘: 0.0512]

식사를 계속하여 미친 듯이 성장했다.

어떤 면에선 밤이 끝나가는 게 아쉬울 정도로 강한 희열이 느껴졌다.

매순간 몸이 조금씩 커지고 소화율이 올라가는 것.

언젠가는 2층에 입성할 거라는 확신.

그러니 더더욱 죽기가 싫어졌다.

"꾸레엑!"

"꾸륵!"

그래서 다시 한 번 식사 동선으로 시비가 붙자 이번엔 망설이지 않았다.

[각성.]

"끄렉!"

도망치는 마물을 그대로 집어삼켜 소화시켰다.

예상대로 배설물 식사만큼 고통스럽거나 역겹진 않았다.

-레벨 업! [Lv.536 / 힘: 0.0536]

그러자 불쾌한 중에서도 놀라운 사실을 깨닫게 되었다.

1층에서 식사 대상은 단순히 폐기물과 배설물만이 아니라는 것.

제한된 1층 마물들과 달리 나는 내 수준을 인지하고 그 성장을 증폭시킬 수 있다.

그래서 잡아먹었을 때 어떤 극적인 효과가 일어나는지 정확히 볼 수 있다.

"꾸르륵."

더러운 식사를 하지 않아도 된다.

그렇다면 바로 동족을 잡아먹으란 결론이 나왔다.

[남은 생존 시간: 58초.]

확인이라도 시켜주듯 배설물을 식사한 것과 똑같이 생존 시간이 연장됐다.

"꾸르으……."

하지만 곧바로 행동으로 옮길 순 없었다.

아무리 벌레 같은 마물들이라도 동족이 아니지 않은가.

저들이 사람이었다면 나는 식인을 하는 셈이 된다.

당장은 서열 본능만 아는 벌레들이다.

하지만 위층으로 올라갈수록 점점 130층 존재들처럼 말을 하고 지성을 가진 존재들을 만나게 될 것이다.

-레벨 업! [Lv.539 / 힘: 0.0539]

일단 배설물로 식사를 하며 생각을 정리했다.

나는 낮에는 사람으로 살아야하고 원래도 인간이었다.

동족 포식자로써 익숙해지면 내 정신이 성치 않을 거란 결론이 나왔다.

"꾸르륵."

그래서 나만의 코드〈Code〉를 세우기로 했다.

1층에선 시비가 걸릴 때만 상대를 잡아먹을 것.

평소엔 일반 식사로 성장할 것.

그래야 내가 미치지 않을 수 있을 거 같았다.

애초에 멀쩡했던 사람이 밤이나마 마물로 사는 것 자체가 매일매일 트라우마일 텐데.

"꾸륵."

-레벨 업! [Lv.611 / 힘: 0.0611]

[카몬 - 1층 - 7억 6163만 8812위.]

다시 몇 시간이 지났을 때, 나는 미약하게 던전이 차가워지는 걸 느꼈다.

2주 간의 경험으로 미루어보았을 때 곧 밤이 끝나고 내가 사람으로 눈을 뜬다는 징조였다.

"꾸르르."

아직 미러 퀘스트를 성사시키지 못했다.

리치 핏에 입성하긴 커녕 그게 어느 곳인지도 알아내지 못했다.

아직도 내 서열은 7억 대…….

다음 밤을 기다리면 되지만 조급함이 느껴졌다.

"꾸르."

주변을 둘러보았다.

배설물보다 더 편리하게 식사할 수 있는 대상.

곧바로 기어가면 닿을 수 있는 대상.

생각해보면 배설물보다 경험치도 많이 주긴 했었지.

"꾸르르!"

딱 이번만 내가 세운지 얼마 안 된 코드를 깨트리기로 했다.

그야 말로 마약 중독자의 변명 같지 않은가.

실제로 나는 지금 성장이란 마약에 취한 상태이긴 했다.

딱 이번만.

[타겟 – 1층 – 10억 7128만 231위.]

각성한 상태로 잡아먹으면 학습률1000%가 적용되지 않는다.

그런데도 시비가 걸려 동족 포식을 하자 꽤 레벨이 많이 올라갔었지.

"꾸레에에!"

나는 미친 듯이 주변에 있는 작은 마물들을 잡아먹기 시작했다.

서열을 확인할 수 있어서 나보다 약한 놈들만 잡아먹었다.

학습률1000%에서 잡아먹으니 미칠 듯한 성장폭이 보였다.

기분은 매우 더러웠다.

하지만 하루라도 빨리 1층을 벗어나고 싶었다.

그리고 미러 퀘스트란 걸 반드시 오늘 밤 내로 성취하고 싶었다.

그러지 않으면 낮 시간에 진즉 미쳐버릴 것 같았다. 밤이 기다려져서.

그래서 현재 코드 따윈 뒷전에 미뤄두기로 했다.

"끄릉."

-레벨 업! [Lv.2611 / 힘: 0.2611]

[카몬 - 1층 - 363만 8812위.]

그야말로 폭발적인 성장.

몸이 이제 형태가 잡히고 크다 못해 두 가지 부분으로 굴곡이 나뉘었다.

그래서 기어갈 때 응축하고 수축하는 동작이 매우 자연스러워졌다.

이 정도 성장을 단 20분가량 만에 이룩한 것이었다.

"꾸르으."

과연 묘한 상황이긴 하다.

동족을 잡아먹는 더러운 행위를 통해서라면, 더더욱 폭발적으로 성장할 수 있다.

나는 다시 살기 위해 바삐 식사를 하는 1층 마물들을 둘러보았다.

그래.

내가 사람일 때도 나는 얼마든지 육식을 했다.

내가 갇혀 있는 몸이 저들과 동족일 뿐, 내가 진짜로 벌레 같은 마물은 아니다.

"끄레에엑!"

그런 변명을 내세우며 나는 계속해서 동족 포식을 진행했다.

매 순간 폭발적인 성장이 이루어지며 스텟 창의 숫자가 매섭게 올라갔다.

"끄라악!"

"끄레엑!"

포식자가 이런 기분일까.

나는 매순간 내 몸속으로 사라지는 마물들을 보며 묘한 슬픔과 우월감을 느꼈다.

하지만 그러한 잔잔한 감정들은 성장이라는 희열이 잔인할 정도로 간단히 가려주었다.

ㅡ레벨 업! [Lv.8274 / 힘: 0.8274]

[카몬 ㅡ 1층 ㅡ 101위.]

[자연 각성 ㅡ 육체가 극도로 발달하여 잠재된 유전자가 활성화되었습니다. 페로몬 대화가 가능해집니다!]

광란의 포식 뒤로 안개가 걷히듯 마침내 목표점이 보였다.

그리고 마침내 1층에는 존재하지 않을 것 같았던 대화 수단이 열렸다.

페로몬 대화.

나는 이제 동족 포식을 멈추기로 했다.

더 이상 계속하면 돌이킬 수 없을 거 같다는 강한 직감이 들었다.

"끄르르."

배설물 식사를 하며 남은 시간동안 계속하여 1층을 배회했다.

절대 끝자락의 벽을 볼 수 없을 정도로 넓은 1층.

나는 얼마 남지 않은 시간 동안 재빨리 머리를 굴렸다.

1층의 권력자들이라면 어디에서 서식할까.

당연히 식사가 가장 편리한 곳일 것이다.

"꾸륵!"

나는 가장 냄새가 역하고 가장 배설물의 밀도가 높은 곳을 따라갔다.

기어가는 속도가 많이 나아져 속도감이 없진 않았다.

그 결과, 나는 1층에서 가장 거대한 폐기물 폭포를 쏟아내는 천장 구멍을 찾아낼 수 있었다.

그 곳에서, 처음으로 목소리 같은 무언가가 들렸다.

뇌 한 편이 간질거렸다.

─진짜야. 130층에서 거인들이 내려와 마구 우리 동족들을 죽였어.

-말이 돼? 130층? 2층 존재들도 오기 싫어하는 곳일 텐데.

-믿거나 말거나.

-또 오면 어떡하지.

나는 재빨리 가장 거대한 천장 구멍 쪽으로 기어갔다.

그러자 뫼비우스 초끈이 징그러울 정도로 달콤하게 속삭였다.

[미러 퀘스트 완료! 리치 핏을 발견하여 입성했습니다.]

미처 리치 핏 존재들에게 말을 걸어보지도 못한 채, 시야가 픽 꺼졌다.

나의 특별한 하루 밤이 소멸한 것이었다.

❖

눈을 뜨자 다시 멀쩡한 팔다리가 느껴졌다.

땀에 젖은 몸을 손으로 어루만지자 과연 빼빼 마르고 멋없는 내 몸이 맞았다.

꼬르륵.

항상 낮에 눈을 뜨면 밤의 강렬한 고통이 잔상으로 남는다.

그래서 극심한 배고픔과 공허감을 느끼게 된다.

"아웁!"

나는 미리 준비해놓은 편의점 폐기 식품들을 폭식하기 시작했다.

역겨운 배설물이 아닌, 자극적인 맛의 인스턴트라는 점이 즐거워 더더욱 폭식에 몰입했다.

금세 배가 불렀음에도 몸 한켠이 배고픔에 쑤신 것만 같았다.

그래서 더 꾸역꾸역 먹었다.

"후우."

돼지처럼 식사를 하고나자 마음이 놓였다.

"아, 아."

언제나 밤에는 말을 못했기에 폭식 다음으로 하는 건 목소리를 내보는 것이었다.

"뫼비우스 초끈."

오랜만에 말을 해보니 속이 다 후련한 것 같았다.

그러고 보니 이번 밤에는 페로몬 대화 능력을 얻었지.

처음으로 다음 밤이 궁금해진다.

단순히 뫼비우스 초끈의 3권능 때문만이 아니라, 처음으로 다른 마물들과 대화를 할 수 있다는 점.

그래도 1층에선 잘 나간다는 리치 핏 권력자들이라니.

관심이 갈 수밖에 없다.

[미러 퀘스트 보상으로 낮에도 뫼비우스 초끈이 본격적으로 활성화됩니다.]

[낮의 서열 본능 습득! 특정 공간 내 서열을 볼 수 있게 됩니다. 오로지 본인만 볼 수 있으며 사람 머리 위에 떠다니는 붉은 점을 노려보면 됩니다.]

[권능 습득! 갑질 능력.]

[자신보다 서열이 낮은 자에게 포인트를 소모하여 절대 명령을 내릴 수 있게 됩니다.]

[갑질 포인트는 뫼비우스 조건 충족으로 충전됩니다.]

기대한 대로 폭풍처럼 뫼비우스 초끈이 정보를 쏟아 부었다.

과연 더러운 기분을 참고 동족 포식을 한 보람이 있었다.

이제 내 하루는 단순히 재수 학원과 편의점 알바로만 지루하게 매워지지 않을 것이다.

밤의 던전처럼, 모든 것이 달라질 것이다.

갑질.

사람에게 절대적인 명령을 내릴 수 있다니.

나보다 아래 서열인 사람이 얼마나 많겠냐만, 그건 앞으로 얼마든지 바꿀 수 있다.

"으."

찌뿌둥한 몸을 일으켜 대충 씻고 옷을 갈아입었다.

재수 학원에 가 여느 때처럼 강의를 들어야 한다.

그래도 들어보면 도움이 안 되진 않는다.

비록 원룸 방은 감옥이나 다름없는 좁고 지저분한 공간이었지만, 그나마 장점이라면 재수 학원과 가깝다는 점이었다.

"여, 준후야!"

"예, 형."

방을 나서자 멀지 않은 곳에 자취하는 형이 인사를 건넸다.

이름은 박동준으로써, 통통하고 큰 뿔 테 안경을 쓴 전형적인 고시생 외모를 지니고 있었다. 결코 행동이나 공부 습관은 그렇지 못했지만.

"자식. 너도 늦게까지 잔 모양이네. 준후 이거 안 되겠어!"

그러고 보니 밤중에 던전에서 이름을 부여받았지.

카몬이라.

낮에는 항상 그렇듯 김준후이다.

"마, 어제 공부 좀 했냐?"

"당연히 못했죠. 그냥 푹 잤어요."

차마 진짜 경험을 말하진 못했다.

잘해봐야 악몽이나 미친 소리로 치부할 테지.

"어?"

"왜 그래?"

실제 보는 건 처음이었기에 나도 모르게 탄성을 내질렀다.

웬 붉은 점이 보여 물끄러미 쳐다보니 한순간 옆으로 펼쳐지며 글자가 되었다.

[박동준 - 보람 재수학원 - 359위.]

더 자세히 노려보니 한차례 더 글자가 펼쳐졌다.

[박동준 - 보람 재수학원 - D반 - 59위.]

실제 그 사람의 서열이 보인다는 게 신기하긴 했지만 그 내용은 사실 그리 놀랍지 않았다.

군대까지 미루고 삼수를 하는 박동준 형은 허구한 날 학원을 빼먹거나 공부할 시간에도 매번 당구나 PC방을 선택했다.

당연히 공부하는 중에도 스마트폰 화면이 항상 켜져 있었고.

"왜? 형이 너무 잘생겨서 당황한 거야?"

"푸하하. 아녜요. 그냥 뭘 잘 못 봐서."

"마, 정신 차리고 살아야 한다. 그래야 이 미생 촌을 벗어나지!"

"그러게 말이에요."

비록 열심히 하진 않더라도 박동준 형은 유쾌한 편이었다.

그게 독기 품고 죽어라 매진하지 못하게 하는 원인 중 하나인 것 같긴 했지만.

나는 문득 내 서열이 궁금해졌다.

그래서 지나가다 휘어진 교통 거울을 빤히 바라봤다.

"뭐야. 오늘 외모에 관심이 많네. 형 얼굴 보다 너 얼굴 보니 씁쓸해서 그래?"

[김준후 - 보람 재수학원 - D반 - 18위.]

음. 그래도 생각한 것보다 심하게 나쁘진 않다.

재수학원 내 서열이라면 당연히 수능 관련 공부 실력이

기준일 것이다.

"하하. 아녜요. 그냥 머리 자를 때가 된 거 같아서."

대충 둘러대며 물끄러미 박동준 형을 바라보았다.

전에는 인지하지 못했는데 나보다 서열이 낮다는 걸 확인하니 기분이 묘했다.

분명 공부는 내가 더 열심히 하긴 하지.

"원, 싱거운 놈. 잘라서 뭐하냐. 연애 시작하면 공부는 끝이야! 여자한테 잘 보일 생각 말어!"

서열이 높다는 얘기는 갑질이 가능하단 뜻이었다.

나는 한참이나 망설이다 결국 결정을 내렸다.

해가 되지 않게 아주 작은 실험을 해보기로 한 것이다.

실패한다면 그냥 욕 좀 듣고 커피 한 잔 사서 넘기지 뭐.

"형. 물 한 통만 좀 사다줘요."

[갑질 1포인트 소비.]

"그래."

내가 명령을 내린 순간 박동준 형이 오묘한 표정을 짓더니 편의점 쪽으로 저벅저벅 걸어갔다.

그리곤 잠시 후 진짜로 물을 사왔다.

되는구나.

"여기."

"고마워요."

"뭐지? 너 지금 형 시켜 먹은 거냐?"

"에이, 형! 부탁드린 건데 형이 워낙 흔쾌하게 수락하셔서 저도 놀랐어요."

"그러게. 내가 이렇게 착한 놈이었나? 역시 잘생긴 놈들이 착하다니까."

갑질 명령을 완수하고는, 다시 본래의 박동준 형으로 돌아왔다.

다른 여자들이 들었으면 찌푸린 얼굴로 비웃을 소리를 다시하기 시작했으니.

"그럼 들어갑시다, 형."

"그러자."

재수학원 D반에 가 앉았다.

대략 60명 정도가 있는 반으로써 다들 하나 같이 공부를 못하는 편이었다.

나도 마찬가지고.

박동준 형에게 명령을 내린 걸 생각하자 감정이 한 차례 더 흔들렸다.

뭔가 죄책감도 들었고 묘한 특권 의식도 느껴졌다.

"흠."

"푸하하! 이 개새끼야! 거기서 네가 빠지면 어떡해?"

"아오! 나부터 살아야지! 랭크전 앞에서 의리 따위가 있겠냐?"

"이런 개애자식 좀 보소!"

강의 전 30분은 보통 자습시간이었다.

물론 D반답게 전혀 엄숙하게 공부하는 분위기가 아니었다.

하필 내 뒷자리에 앉아 머리를 노랗게 물들인 패거리 셋이 시끄럽게 떠들었다.

"후."

평소 같았으면 그러려니 하고 귀마개를 꺼냈을 테지만, 이번만큼은 다른 생각을 했다.

이건 좀 위험한데. 잘못 틀어지면 어디 끌려가 맞을 지도 모른다.

"저기, 조용히 좀 해주세요."

[갑질 2포인트 소비.]

한순간 적막이 흘렀다.

나는 태연하게 뒤돌아 자습을 시작했다.

잠깐 사람들의 시선이 쏠렸지만 원채 웅성거리는 분위기라 금세 다른 곳으로 관심을 돌렸다.

"허."

작게 숨을 내뱉었다. 심장이 쿵쾅쿵쾅 뛰었다.

아마 본인들도 지금 놀란 상태겠지. 갑자기 꿀 먹은 벙어리가 됐으니.

떨리는 손으로 문제를 푸는데 뫼비우스 초끈이 말을 걸어왔다.

[갑질 포인트를 모두 소진했습니다. 특정 공동체 내 서열을 올리면 충전됩니다. 그 외에도 퀘스트 수행 시 충전

됩니다. 0포인트 일 때는 일시적으로 공동체 내 기준 평가 능력에 관하여 능률이 1000%가 됩니다.]

"어?"

나도 모르게 놀라 탄성을 내질렀다. 허나 문제풀이에 놀란 줄 알고 누구도 신경을 쓰지 않았다.

0포인트 일 때는 공동체 평가 기준에서 능률이 10배가 된다고?

나는 다시 문제집을 풀기 시작했다.

그리곤 울컥하는 맘에 이를 악 물었다.

분명 던전에서 폭발적인 성장을 한 것은 매우 강렬한 기쁨이었다.

매순간 성장하고 우월해지는 기분.

정말 마약에 비함이 적절했다.

그러나 그건 2주간 살았던 벌레 같은 몸에서의 이야기였다.

"후아."

그에 반해 내 낮의 삶은 평생 살아온 지겹디 지겨운 삶이었다.

몸도 머리도, 게다가 배경도 어느 것 하나 특출 난 게 없었다.

그래서 내 딴엔 열심히 했는데, 친구들이 대학 새내기로 살 시기에 난 재수학원 D반에 머물러 있었다.

뭔가 조금씩 바뀌긴 하는데 가장 중요한 것들은 집요할 정도로 한결 같았다.

그런 내 낮의 삶마저 급진적으로 바뀔 수 있다면.

단순히 갑질을 하는 것 뿐 아니라, 내 능력 자체가 일시적으로나마 확장될 수 있다면!

"백점."

전에도 분명 백점을 맞을 수 있을 거라 생각했다.

하지만 기억력과 판단력의 제한으로 항상 문제를 틀렸다. 좀 많이.

30문제 구성의 기출문제 한 섹션을 모두 풀었다.

이번에는 원래 생각한 대로 백점을 받았다.

이 정도라면 C반으로 월반하는 건 시간문제다!

공부한 만큼 성적이 나오는 것.

원래는 엘리트들만의 이야기다.

"아, 뭐지?"

"그러게……."

갑질의 효과가 풀렸는지 뒤에 있던 학생들이 다시 조금씩 떠들기 시작했다.

그러면서 시선이 내 뒤통수에 꽂히는 게 느껴졌다.

분명 나는 예의바르게 말했다.

그래도 그것에 너무 완벽히 복종한 게 뭔가 불쾌했겠지.

당연히 내게 뭐라고 하진 못하고 있다.

"자자, 수업 시작합니다! 모두 자리에 앉으세요!"

신경질인 기색의 강사가 들어와 웅성거리며 떠드는 학생들을 잠잠케 했다.

그래도 돈 내고 학원에 다니는 것이었기에, 학생들은 강사의 말을 어느 정도 듣긴 했다.

"캬. 아침에 시원하게 컵라면 하나 땡기고 왔다. 이따 컵밥 콜?"

"그래요, 형. 어차피 매일 먹는 거긴 하지만."

"하하. 그거만 한 게 어디 있냐."

내내 자습시간에 안 보이던 박동준 형이 돌아왔다.

그리곤 곧바로 폰으로 동영상을 보며 배실배실 웃었다.

"형, 수업 안 들어요?"

"아아. 다 아는 내용이야."

정말 아는 내용이긴 할 것이다. 소단원 제목만 3년 째 보고 있으니.

문제는 집중을 하지 않는다는 것이다. 알맹이를 진짜로 공부해야할 텐데.

형을 위하는 맘에 말했다.

"형. 수업에 집중 좀 해요."

[갑질 포인트가 부족합니다.]

"됐어, 너나 열심히 들어. 나는 멀티태스킹이 돼서 수업이랑 이거랑 둘 다 집중할 수 있어. 대단하지?"

박동준 형의 어이없는 말에 난 눈길을 칠판으로 돌렸다.

0포인트 때만 능률이 10배가 된다고 했지.

그럼 당분간 갑질 포인트는 형에게 모두 써야겠다.

같이 잘 되면 좋은 거니까. 강제로라도 공부를 시켜야겠다.

"자, 그럼 이번 단원에서는 응용문제를 다뤄볼게요. 수능에 자주 출제되는 유형이니까 반드시 집중하세요."

확실히 뭔가 다르다.

전이라면 집중을 유지하는 데에만 온 힘을 쏟고, 배운 것의 약 40% 정도만 머리에 남았을 것이다. 그것도 컨디션이 좋은 날에.

하지만 지금은 완전한 집중은 물론 강사가 설명해주는 100%가 이해되고 암기됐다.

그 뿐 아니라 저 지식과 내용이 어떻게 문제와 연결되고, 출제자의 의도가 무엇인지도 보이기 시작했다.

[0포인트 임시 천재 때 누적된 지식이나 육체 성장은 이후에도 영구적으로 남습니다.]

잠깐의 불안함을 다독여주듯 뫼비우스 초끈이 유용한 정보를 알려주었다.

"햐."

"왜?"

"아녜요."

내 시원해하는 표정을 보고 박동준 형이 의아해했다.

자신이 동영상을 보는 표정과 비슷했기 때문에 놀랐나 보다.

형이 보는 동영상을 슬쩍 살펴보니 아니나 다를까 헌터들이 레이드를 도는 1인칭 녹화 영상이었다.

"그게 그렇게 재미있어요?"

"그 뿐이냐. 멋있고 스릴 넘치잖아. 돈도 많이 벌고 특혜도 많고. 그냥 금수저들이랑은 뭔가 다른 기분이야. 나도 될 수 있을 거 같은 기분?"

"형도 각성하고 싶어요?"

"그럼. 된다면야 바로 하지. 군대도 면제되는데 말야."

수업에서 나오는 내용 일부가 이미 아는 내용이었다.

그래서 잠시 형과 잡담을 나눴다.

"어휴, 형. 군대 면제되는 이유가 군 복무하는 거보다 더 직접적으로 자주 목숨이 왔다 갔다 하니까 그렇죠. 매일 실전으로 싸워야 되는데."

"그래도 난 한다. 돈 많지, 초인으로 살 수 있지. 사회적으로 대우해주지. 웬만한 금수저보다 훨씬 대단하잖아."

미약하게나마 형의 맘을 느낄 수 있었다.

저들처럼 되고 싶다는 욕구.

나도 어느 정도는 공감하는 바다.

분명 헌터 중 내 또래도 많다고 한다.

나이와 각성 여부, 숙련도 등이 비례하진 않으니까.

대학도 못 가고 재수학원에서 이러고 있는 나와 달리, 헌터들은 차원이 다른 삶을 살고 있을 것이다.

매일이 전쟁 같지만 그만큼 화려하고 보상이 큰.

"흠."

뫼비우스 초끈으로 헌터 사회에 들어갈 수 있을까.

잠깐 고민해봤다.

하지만 능률이 10배가 되는 거지 없는 각성 여부가 생기는 건 아닐 것이다.

그래서 일단은 생각을 접어두기로 했다.

지금 상태로도 얼마든지 성공할 수 있어.

"자, 그럼 다음 부분을 다뤄볼게요. 여기서 특히 많이 틀리니까 노트 별표 많이 쳐놓도록! 이번 수능엔 눈물 떨어뜨리는 일 없어야죠?"

슥 보니 자는 학생이나 딴 짓하는 학생이 태반이었다.

그걸 보고 속이 터졌는지 강사가 자극하는 말을 했다.

그래도 학생들 대부분은 심드렁했다.

"으."

"왜 그래?"

"아녜요. 좀 머리가 아파서."

[갑질 포인트 자연 누적: 1 포인트.]

서열을 올리거나 퀘스트를 하는 것 외에도 1시간 정도마다 포인트가 충전되는 것 같다.

의외로 이번엔 그리 반갑지 않은 현상이다.

0포인트 때만 천재일 수 있는데.

"하아."

과연 예상대로 집중력이 급격히 떨어지며 칠판의 내용이 멀어지기 시작했다.

뇌 절반이 고장 난 것처럼 다시 공부라는 행위가 어색해지기 시작했다.

"젠장."

"마. 맘을 편히 먹어. 형처럼. 너무 열심히 하려니까 승질 나고 한숨 나고 그러는 거야."

물끄러미 형을 바라봤다.

곧 쉬는 시간을 가진 후 다시 1시간 동안 강좌가 있다.

이렇게 공부가 잘 되는 1시간을 경험했는데, 다른 1시간을 낭비할 순 없다.

"형. 가죠, 제가 음료수 살게요."

"오. 검소한 네가 웬 일이냐? 당연히 가야지."

쉬는 시간동안 매점에서 형과 잡담을 나눴다.

그러면서도 계속해서 형의 머리 위로 눈길이 갔다.

나도 모르게.

"내 머리에 뭐 묻었어? 자꾸 쳐다보네."

"그 머리 스타일 해볼까 생각 중이에요."

"아서라! 아무리 멋져도 대놓고 따라하면 안 돼. 스타일 겹쳐."

마침내 초조하게 쉬는 시간을 보낸 후 강의실로 돌아왔다.

그리곤 본능처럼 스마트폰을 꺼내는 형에게 말했다.

"형. 수업 중에 폰 그만 봐요."

[갑질 1포인트 소비.]

다행이 1포인트짜리 명령인 것 같았다.

형은 온순하게 폰을 집어넣더니 안절부절 하며 칠판을 쳐다봤다.

그리곤 나를 한 번 욱하는 표정으로 바라봤다.

"너, 내가 만만해?"

다시 0포인트 상태로 정신이 맑아지는 것과 동시에, 급격히 곤란한 상황이 펼쳐졌다.

아직 몇 번밖에 확인 못했지만, 내가 갑질 명령을 내리면 분명 대상은 그 명령에 따라야한다.

갑질 포인트만 충분하다면.

문제는 진심으로 복종하는 게 아니라는 것이다.

분명 순순히 행동하는 스스로를 인지하긴 할 테지만, 결국 내가 한 말 때문이란 것도 의식할 것이다.

내가 명령을 내리고 상대방이 따라하는 모양새.

"어? 만만하냐고."

박동준 형이 정색하며 내게 물어왔다.

제대로 감정이 상한 것 같았다.

다행히 0포인트 때 단순히 공부 머리만 확장되는 건 아닌 것 같았다.

정신상태 자체가 맑았다.

나는 스윽 엄지와 검지로 하트를 만들었다.

"형. 제가 형 위해서 하는 소리지, 무슨 만만하다고 그런 말을 해요? 게다가 형도 다 수긍을 해서 제가 해달란 대로 해주잖아요."

"음."

분명 상황 자체는 기분이 나쁠 만 하다.

하지만 결국 자신이 복종했다는 결과가 나왔다.

내가 외적으론 전혀 강압적이지 않았는데도.

게다가 까고 보면 본인을 위한 소리다.

"그래. 내가 좀 예민했네."

"아녜요. 주말에 치킨에 맥주 살게요. 우리 둘 다 잘 됐으면 해서 그래요."

"크. 그래. 그러면 또 거절할 수 없지. 고맙다. 형이 철이 없어요. 허."

박동준 형은 그제야 민망했는지 머릴 긁적거리며 노트를 펼쳤다.

그리고 스마트폰을 집어넣은 김에 제 나름에 집중을 했다.

그 모습을 보고 난 묘한 뿌듯함을 느꼈다.

갑질이 진짜 나쁜 갑질만 있는 건 아니구나.

"자, 그럼 이제 오늘의 마지막 부분입니다. 자는 분들 다 일어나세요!"

당연히 자는 학생들은 요지부동이었다.

내가 저 강사였다면 어땠을까.

갑질 포인트만 많다면 D반 전체를 갱생시킬 수 있었을 것이다.

나 혼자 뿐 아니라 다른 사람들을 달라지게 할 수 있다.

"후."

작게 열이 올라오는 게 느껴졌다.

내가 벌써부터 굉장히 중요한 사람이 된 것 같았다.

[미니 퀘스트 - C반으로 하루 내로 승급하라. 보상: 100만원.]

그러한 흥분 위로 뫼비우스 초끈이 기습적으로 임무를 얹었다.

하루만에 C반으로 월반하라니.

앞으로 할 수 있겠다 생각했지, 오늘이라곤 절대 생각지 못했다.

"흠."

하지만 이제까지 보면 뫼비우스 초끈은 아슬아슬하게 이룩할 법한 일들을 임무로 내렸다.

척 보면 숨이 막히지만 죽어라 매달리면 이룰 수 있는 임무들이었다.

그렇다면 해봐야지. 게다가 보상이 입이 떡 벌어지는 수준이었다.

박동준 형에겐 미안하지만 일단 나는 오늘 월반을 시도할 것이다.

"자! 수고하셨습니다. 제발 다들 수능일 카운트 하면서 맘을 새롭게 하세요."

수업을 마친 강사는 답답해하며 강의실을 빠져나가 버렸다.

놀랍게도 자던 학생들 전부가 벌떡 일어나 깔깔 떠들기 시작했다.

폰을 하던 학생들도 일어나 밝은 표정을 지었다.

"준후야. 한 게임 때리자."

"예? 공부해야죠."

"아유, 무슨 또 공부를 해. 휴식을 해야 머리가 굴러가지! 내가 낼게. 아까 너무 예민했던 것도 미안하고. 내가 요새 나도 모르게 스트레스를 받나 보다."

"아녜요. 제가 앞으로도 잔소리 계속할 건데, 형 위해서라는 것만 알아주세요."

"그래, 그래. 물론이지. 나도 네 말대로 수긍하니 따르는 거겠지! 내가 뭐 호구도 아니고 말야, 그렇지?"

"그럼 딱 30분만 할게요."

"하? 1시간이 아니고? 진짜 이러다 너 명문대가겠다?"

장난치는 형의 말에 씨익 웃었다.

점점 명문대 과 잠바가 가까워지는 기분이었다.

비록 오늘 월반을 시도하긴 할 테지만 웬지 모를 자신감에 형과 30분 동안 게임을 하기로 했다.

아까 감정이 상한 일을 자연스레 넘기기도 해야하야고.

내 착각일 수도 있지만, 이미 나는 C반에 갈 정도의 공부량을 갖춰놨다고 생각한다.

단지 그간 시험 보는 능력이 너무 떨어져 아는 만큼 못 맞춘 거지.

그 외에도 남은 시간동안 계속 공부를 할 것이다.

그래봐야 반나절 조금 넘는 시간이지만.

"형. 잠시만 원장님 좀 뵙고 올게요."

"음? 왜?"

"말씀드릴 게 있어서요."

"앞에서 담배 피고 있을게! 온나!"

형을 뒤로 하고 원장실로 달려갔다.

안에는 학원 원장님이 앉아 근엄하게 책을 보고 있었다.

"학원 등록은 카운터에서 하세요."

원장님이 나를 보더니 처음 보는 사람 취급을 했다.

전에 인사를 한 번 나누긴 했는데…….

하기야.

나도 400명 가까이 되는 학생들 중 D반 학생은 별로 신경 쓰지 않을 것이다.

"저 D반에 다니는 김준후라고 합니다, 원장님."

"아, 그래? 우리 학생이었구만. 왜? 학원비 환불은 안 돼. 가입할 때 이미 사인했으니까."

보아하니 원장님은 얘기를 들어보지도 않고 대답하는 경향이 있었다.

특히 자신이 무시하는 대상에게는.

[김두훈 – 보람 재수학원 – 1위.]

하지만 그의 머리 위에 있는 서열을 보자 어느 정도 수긍은 갔다.

적어도 이 재수학원 내에서는 절대 강자이지 않은가.

나는 무시당한 게 기분 나빴지만 일단 참기로 했다.

아쉬운 건 나니까.

"월반을 하고 싶습니다."

"음? 월반? C반으로 말이냐?"

"네."

"음. 아직 월반 시기가 아닌데. 학기 말에 종합으로 하는 거다."

원장님은 귀찮다는 듯이 귀를 후벼 파며 책장을 넘겼다.

내 얼굴을 쳐다보지도 않고 있다.

"저 이번 수능에 꼭 좋은 대학 갈 겁니다. 그러려면 하루도 낭비할 수 없어요. C반 수업을 들어야 더 공부가 잘 될 거 같아요."

"하. 정말 확실하냐?"

"예."

"그럼 행정비랑 인건비 따로 나가야 하니까, 10만원의 응시료를 내거라."

순간 어이가 없어 말문이 막혔다.

새로 등록하는 것도 아니고 월반하는데 무슨 돈을 내라는 말인가.

안 그래도 부자일 텐데 힘없는 학생에게 말도 안 되는 명목으로 돈을 내라니.

"그런 규정은 없잖아요."

"갑자기 월반 시험 보게 해준다는 규정도 없지."

단호한 원장님의 표정에 난 한숨을 내쉬었다.

김두훈이라 적힌 명패를 쳐다봤다.

이게 진정한 갑질인가.

그래. 뫼비우스 초끈은 분명 100만원의 보상을 약속했다.

나는 1달 식사비를 걸고 도박을 해보기로 했다.

"하겠습니다."

내 말에 원장님이 의외라는 표정을 지었다.

보아하니 귀찮은 D반 날파리를 쫓으려고 한 말이었구나.

그래도 난 진지하다.

"정말이냐? 나중에 가서 울고불고 환불 해달라고 해도
안 돼."

"예."

"그럼 여기 각서를 쓰자!"

원장님은 공돈이 생겼다는 생각에 그제야 책을 놓고 A4
용지를 꺼내들었다.

나는 각서를 쓴 다음 구겨놓았던 지갑 속 10만원을 원장
에게 냈다.

"시간은?"

"최대한 늦게 언제 가능한가요? 오늘요."

"푸허허. 급하기도 하네! 강사 중 하나에게 11시에 대기
하라고 하마. C41방으로 와."

"감사합니다."

원장님에게 인사를 하고 나왔다.

그리곤 학원 앞에서 담배를 피던 박동준 형과 합류했다.

"마! 뭐 이리 오래 걸려?"

"아아, 아녜요. 하하."

나는 스윽 보람 재수학원을 뒤돌아 노려보았다.

오랜만에 사회가 억지로 얹어 내리는 열등감을 맛보았
다.

그런 더러운 맛을 보면 본인이 당당하고 자존감이 높더라도 잠깐은 기가 죽기 마련이다.

고로, 나는 오늘 반드시 월반할 것이다.

❖

PC방은 내가 속한 공동체로 인정되지 않는 것 같았다.

거울을 봐도 여전히 나는 재수학원에 소속된 서열을 드러냈다.

반면 PC방 사장님이나 박동준 형 같은 단골은 PC방에 관련된 서열을 드러냈다.

"어, 동준이. 못 보던 친구 데려왔네. 혼자 공부 안 하면 그만이지 같이 망하려고?"

"흐흐. 당연하죠! 혼자 못 죽죠."

"하하. 참 좋은 친구네. 그래, 재미있게 놀다 가."

박동준 형이 돈을 내줘 두 자리를 잡았다.

그리곤 형이 하는 게임을 얼추 따라 하기 시작했다.

흥미로운 점은 여전히 0포인트 상태인데도, 게임에 관해선 별달리 특별함이 드러나지 않았다.

원래 못했을 뿐더러, 적응 자체가 힘들었다.

형에 비해서 마우스 움직이는 속도가 너무 느렸다. 머리 회전 속도도 뒤쳐졌고.

형이 이렇게 계산력이 빠른 사람이었나.

"하하! 좀 내가 살살해줘야 하는 거 아냐?"

"진짜로요, 형. 좀 버겁네요."

"어유. 뭘 그리 긴장해. 알았어, 봐줄게. 삐지는 거 아니지?"

"하하. 이런 걸로 뭘요."

박동준 형은 자신이 잘하는 것을 한다는 기분에 신나보였다.

나를 이겨 승리감에 취한 것도 기여하는 것 같았다.

의도치 않게 뽐내는 걸 즐기고 있네.

"엇. 시간 됐다."

그렇게 30분이 지났다.

못하는 게임인데다 매 번 져서 재미는 없었지만, 그냥 형을 달래는 용도로 생각하니 나쁘지 않았다.

워낙 정신상태가 맑아 딱히 휴식 시간으로 작용하진 않았다.

내가 뫼비우스 초끈과 함께하며 즐거울 수 있는 공간은 현재 재수학원이다.

"형, 그럼 저는 가볼게요."

"엥? 정말 가게? 진짜로 30분만 하고 간다고?"

"네. 죄송해요. 사실 사정이 있는데, 잘 되면 나중에 말씀드릴게요."

"그래? 사정이 있으면 어쩔 수 없지. 이따 보자구."

"네. 형. 덕분에 게임 잘했어요."

박동준 형을 뒤로 하고 곧장 가방을 챙겨 학원의 자습실로 들어갔다.

공부하는 맘가짐이 된 사람들이 가득한 공간이었다.

그도 그럴 것이 척 보아도 못 보던 사람들이 많았다.

위층에 서식하는 A반이나 B반 사람들일 테지.

"으차."

나도 기지개를 켜고 자리에 앉았다.

그리곤 사물함에서 가져온 책들과 문제집들을 차분히 보기 시작했다.

월반을 위해선 주요 과목인 국어, 영어, 수학에서 일정 점수 이상을 넘어야 했다.

그 외에도 복잡한 조건으로 다른 과목들에서도 성과를 보여야 했다.

일단 정통답게 국영수에 집중해보기로 했다.

[갑질 포인트 자연 누적: 1 포인트.]

포인트가 누적될 때까진 정말 잠을 자듯이 편안하게 공부할 수 있었다.

끊기지 않음은 물론 항상 100% 효율로 공부가 됐다.

전에 이해되지 않았던 것들이 이해되고, 미처 잊고 있던 것들이 생각났다.

하지만 0포인트 상태가 풀리니 기분이 더러울 정도로 효율이 뚝 떨어졌다.

"아오."

주변을 스윽 둘러봤다.

아는 사람이 없었다.

그래서 일단은 가볍게 포인트를 낭비하기로 했다.

"저기요."

"네?"

항상 이렇게 포인트를 낭비하진 않을 것이다.

하지만 당분간은 주어진 삶에서 최선을 다할 것이고, 이 자리에서부터 변화를 일으킬 것이다.

그러니 0포인트 유지를 위해 지금으로썬 낭비함이 제일 쉬운 길이다.

"지우개 좀 빌려주세요."

[갑질 1포인트 소비.]

"네."

아무리 하찮은 명령이라도 1포인트가 최소 단위인 것 같았다.

그렇다면 다행이다. 이 정도라면 티 나지 않게 포인트를 소비할 수 있다.

"감사합니다."

대충 지우는 척을 하고 다시 지우개를 돌려주었다. 0포인트 상태로 되돌아왔다.

"후우."

숨을 억지로 참았다가 다시 맑고 시원한 바람을 들이키는 기분.

딱 그것에 비할 정도로 정신 상태가 다시 급격히 변했다.

정말 오묘하단 말이지.

하필 0포인트 상태 때 기준 관련 능률이 1000%라니.

"후."

다시 열심히 공부를 하고 정신을 차리자 어느새 1시간이 지나있었다.

흥미롭게도 옆에 있던 여학우도 꿋꿋이 앉아 있었다.

나는 이번에도 뻔 한 수를 썼다.

의식하고 보니까 제법 예쁘네. 피부도 곱고.

"지우개 좀 빌려주세요."

[갑질 1포인트 소비.]

"네."

그렇게 저녁 시간 때까지 8시간이나 계속되는 강행군을 이어나갔다.

참고서와 문제집은 쌓여갔고, 그럼에도 내 눈빛과 표정은 평온했다.

지우개나 샤프심을 빌려주는 여학우의 표정은 조금씩 울그락불그락하게 변해갔다.

그래도 난 개의치 않았다.

소름 끼치게도, 공부의 맛에 빠져서…….

"흐!"

짧게 기지개를 켜며 자리에서 일어났다.

어느새 저녁 시간이 됐다.

아직 월반 시험까진 시간이 남아있다.

그에 반해 내 공부 성과는 생각한 것보다 훨씬 월등했다.

작년에 공부했던 것들이라 그런지 뭔가 틈을 매우는 느낌이 강했다. 단지 그 틈들이 채워진 부분들보다 매우 크긴 했지만.

"하아."

자습실을 나서며 새삼 내가 얼마나 공부를 못 했는가 깨달았다.

"저기요."

"어? 네, 안녕하세요. 빌린 것들 다 돌려드렸는데……."

웬 여자가 불러 뒤돌아보았다. 곧장 뜨끔하며 놀랄 수밖에 없었다.

내가 내내 1시간마다 필기구를 빌린 여학생이었다.

정면에서 봐도 예쁘네.

"가시는 거예요?"

"아. 저녁 좀 먹고 오려구요."

"아아, 네. 근데 되게 흥미롭긴 했어요."

"네?"

갑자기 무슨 말일까. 박동준 형 같은 반응을 보일 줄 알았다.

근데 흥미로웠다니. 1시간마다 필기구를 빌린 게 그리 흥미로울까.

"모른 척 하시기는. 그냥 빌렸다고 하기엔 너무 뻔하지 않아요? 1시간마다 그것도 8시간 남짓! 음료수에 포스트잇 붙이거나 전화번호 물어보는 건 식상한데. 이건 오히려 새롭네요."

"아아."

큰 일 났다. 여학생은 내가 작업을 건 줄 아는 것이다.

작업은커녕 태어나 여자를 사귀어본 적이 없다.

키는 183cm으로 큰 편이지만 딱히 내세울 게 더 없는지라.

가장 큰 결여는 이성에 대한 자신감인 것 같다.

그런데 이런 일이 벌어지다니.

"처음엔 착각인 줄 알았는데, 좀 뻔하잖아요? 저 쳐다보는 것도 그렇고."

포인트 낭비용으로 계속 귀찮게 해서 미안한 눈빛이었는데.

그게 아련하게 좋아하는 눈빛으로 보였나.

"그, 그럼……."

나는 당황하여 말을 잇지 못했다.

예쁜 여자랑 어느새 마주 보고 얘기를 하고 있다.

"밥 먹으러 간다면서요. 가요."

"아, 네."

나는 쭈뼛쭈뼛 그녀를 따라나섰다.

본의 아니게 작업 친 게 돼 버렸네.

"원래 전 제 물건 누구 빌려주는 거 진짜 싫어하거든요. 근데 8시간 동안 같이 공부하며 승부욕이 붙어서 그런가? 특별히 빌려드린 거에요!"

"아아. 감사합니다."

나는 여학생과 함께 분식집에 자리를 잡았다.

그야말로 얼떨결에 이 자리까지 온 것이었다.

강제로, 주기적으로 물건을 빌린 걸로 저렇게까지 생각하다니.

예쁜 만큼 자신감이 엄청나고 그만큼 인연도 참 재미있는 거 같다.

"아! 저는 최여진이에요. 이번에 재수!"

그녀가 내민 뽀얀 손을 보자, 그제야 얼굴이 확 붉어지며 가슴이 뛰기 시작했다.

나는 기회를 놓칠 수 없어 그녀의 악수를 받았다.

과연.

뽀얀 모습만큼 부드러운 손이었다.

내가 멍하니 손을 잡고 있자 최여진이 슬쩍 손을 뺐다.

그러면서 역시─라는 눈빛을 했다.

순서가 다르긴 하지만, 확실히 난 그녀에게 호감을 가지게 됐다.

저런 당참과 아름다움, 게다가 열심히 공부하는 자세라니.

이런 게 첫 눈에 반한다는 건가!

"저, 저는 김준후입니다. 저도 재수예요."

"아…… 그럼 우리 동갑인가?"

서로 생년월일을 말하고 동갑임을 확인했다.

동갑이라는 말에 최여진은 더더욱 반가운 기색을 했다.

"와. 근데 왜 우리 반에서 한 번도 못 봤지? A반은 하나라 봤을 텐데. 아! 야간 보충 반?"

"아. 아니, A반은 아니야."

"아, 그래?"

최여진은 제법 놀란 눈치였다.

공부하는 태도나 체력만 봐도 내가 A반이라고 생각한 것이다.

A반으로 월반하면 그녀와 함께 수업을 들을 수 있는 건가.

오래 전 짝사랑 이레로, 오랜만에 다시 설렘이 느껴졌다.

"아, 그럼 B반이구나. 그렇게 열심히 하면 금방 올라오겠네."

"으응. 그렇지."

방긋 웃는 그녀의 얼굴에 대고 도저히 내가 D반이라 말하지 못했다.

이런 자격지심은 원장님에게 당한 것과는 또 다른 종류 같았다.

최여진은 참 표정이 밝았다.

그렇게 보니 자습실에서 울그락붉그락 했던 모습이 귀엽게 느껴졌다.

나랑 승부욕이 붙어서 못 일어서고 계속 공부했던 거구나.

그냥 강제로 물건 빌려주는 게 불쾌해서 그렇다고 생각했는데.

"그래서 Y대 붙긴 했는데! 너무 아까워서 S대 노리고 있어. 다행히 부모님도 지지해주시고."

역시 A반 학생답다.

이미 Y대에 붙었는데 도저히 욕심을 버릴 수 없어 S대에 도전한단다.

단순히 대학 서열 때문만이 아니라 S대에 존경하는 교수님이 있다고 한다.

"나도 더 좋은 대학 가려구."

"응? 그냥 더 좋은 대학? 아니면 원하는 대학이나 과가 있는 거야?"

최여진은 참 직설적이고 솔직한 여자 같았다.

그러니 먼저 물건 빌린 걸로 작업이냐고 따졌지.

나는 순간 당황했으나 이내 적절한 답을 떠올렸다.

최여진은 막연히 좋은 대학만 쫓는 남자는 싫어할 거 같았다.

"으응. 컴퓨터공학과 생각 중이야. 잘 가르친다는 과에서 배우고 실력을 갖춘 다음에 사회에 나가고 싶어서.

그 학교가 창업 기회도 많데."

"어머. 코딩 어려울 텐데. 용감하네. 그럼 대전에 있는 유명한 K공대?"

"응. 근데 사실 여러 융합과목도 생각 중이야. 그럼 나도 서울로 갈 수 있는 거지."

"오! 우리 S대에서 만나자! 오늘처럼만 하면 될 거 같아! 캠퍼스 생활 같이 하면 전우애도 느끼고 재미있겠다!"

최여진이 그렇게 말하자 까마득하게 인식돼 있던 S대가 한 층 가깝게 느껴졌다.

빡빡하게 공부만 해야 하는 앞길로 갑자기 향기가 깃드는 기분이었다.

"으응. 그래!"

멍청하게 대답하는 내 모습이 나쁘지 않았는지 최여진이 미소를 지었다.

음식이 나와 우린 식사를 했다.

그러면서도 나는 그녀를 힐끔힐끔 바라보았다.

"쩝."

다르긴 하구나.

연예인은 그냥 보고 예쁜 게 전부이다.

예능에서 보더라도 일방적인 매력만 느껴진다.

하지만 최여진과 직접 마주보며 대화를 하니 그녀란 사람이 조금이나마 진짜로 느껴졌다. 그래서 여자는 물론 사람으로서 가까워지는 기분이 들었다.

그래봤자 첫 만남이지만.

"하하. 그래서 내가 하도 집요하게 물어 보기에 우리 오빠 전화번호를 알려줬지! 목소리도 낮고 덩치도 엄청 크거든!"

"푸하. 전화번호 물어본 사람이 민망했겠다."

"근데 좋게 말해도 몇 번씩이나 귀찮게 하니까."

"그래. 골탕 먹일 만 했네!"

내심 여자와 얘기 나눈 적이 많지 않아, 식사 자리가 재미없어지면 어떡하나 걱정했다.

얼떨결에 따라오긴 했지만 그래도 최여진과 처음 가지는 데이트 자리였다.

"꺄하하! 그렇다니까!"

다행히 최여진은 똑똑하고 당찬 만큼 말이 많았다.

그리고 카랑카랑한 목소리가 매우 매력적이었다.

그래서 멍하니 듣고 있으면 나까지 기분이 좋아졌다.

"헤헤. 그렇구나."

"응! 그래서 어떻게 됐냐면."

최여진도 바보처럼 들어주는 내가 나쁘지 않은 듯 신나서 말을 이었다.

나는 진심으로 리액션을 하며 그녀의 일상적이고 소소한

수다를 들어주었다.

이상하게 던전이나 공부에서 얻던 폭발적인 쾌락보다는 잔잔하고 조용한 기쁨이었다.

그런데도 훨씬 더 깊고 중후한 느낌이었다.

"어머. 어떡해. 시간 좀 봐."

"어라."

최여진이 먼저 정신을 차리고 시계를 가리켰다.

3시간.

겨우 떡볶이와 순대 두 그릇을 나눠먹는데 3시간이 걸렸다.

서로 대화에 정신이 팔려 시간이 한꺼번에 날아간 것이다.

정말 일방적으로 최여진만 얘기한 게 아니다.

그녀가 뭔가를 얘기하면 나도 적절히 할 얘기가 떠올랐다.

그래서 대화가 끊이질 않았다.

"아, 어떡해. 미안해. 내 말 들어주느라 너무 오래 시간 뺏겼지?"

틀린 말은 아니다. 게다가 난 월반 시험도 있는데.

그럼에도 전혀 후회하지 않는다.

갑자기 받은 선물 같아서, 여전히 기분이 붕붕 떠 있다.

"아냐. 내가 좋아서 있던 건데 뭘."

"중간에 끊지. 가자, 가자."

최여진이 괜히 미안한 표정을 지었다.

큰일 났다.

오늘 처음 봤는데 미안한 표정까지 귀엽게 보이네.

나도 예쁜 여자 좋아하는 뻔한 남자인가 보다.

"이제부터 열심히 하면 되지 뭐!"

"그래, 그렇게 말해주니 고맙다."

나와 최여진은 서둘러 자습실로 돌아갔다.

그리곤 얼른 집중하여 다시 공부에 매진했다.

11시가 되기까지 나는 여러 번 최여진을 이용해 갑질 포인트를 소모했다.

"저, 지우개 좀……."

[갑질 1포인트 소비.]

"호호, 그래."

전과 다른 점이라면 최여진이 웃으면서 당해준다는 것이었다.

그러면서 묘한 생각이 들었다.

본인이 원해서 당한다면 갑질을 해도 부작용이 적지 않을까?

그런 생각을 하며 다시 공부에 매진했다.

"후."

11시까지 10분이 남았다.

중간 중간마다 최여진에게 필기구를 빌리며 그녀의 미소를 보았다.

그녀도 내가 장난처럼 정말 1시간마다 딱 필기구를 빌리는 게 싫지 않았나 보다.

내 호감을 확인시켜준다고 생각했나 보다.

"어디 가?"

내가 짐을 챙겨 일어나자 최여진이 어이없다는 듯 나를 붙잡았다.

그러더니 놀라며 내 손목을 잡은 손을 풀었다.

"아.

그녀의 눈빛에서 여러 가지가 느껴졌다.

섭섭함부터 약간의 화까지.

아차.

"미안. 급한 일이 있어서 잊을 뻔 했네."

나는 그리 말하며 전화기를 내밀었다.

그러면서 짧게 체념했다.

설사 전화번호를 안 주더라도 오늘 식사 같이 한 것만으로도 감사하자.

솔직히 말해, 박동준 형과 식사하는 것과는 비교도 안 될 정도로 좋았다.

"치. 밀당 쩐다, 너. 공부만 열심히 하는 줄 알았더니."

어둑한 자습실이 한순간 환해지는 것 같았다.

최여진은 정말로 내게 전화번호를 주었다.

"그, 그럼 내일 보자."

"급한 일 잘 보렴!"

최여진이 흔들어주는 손에 또 바보같이 웃었다.

그러면서 얼른 C41 강의실로 달려가 자리를 잡았다.

"너구나? 월반 하고 싶어하는 녀석이."

강사가 비웃는 표정으로 척 시험지를 내 앞에 던졌다.

나는 곧바로 연필을 꺼내들었다.

[갑질 포인트 자연 누적: 1 포인트.]

11시가 되었다.

0포인트 상태가 풀려버렸다.

이걸 미처 생각 못 했네.

젠장.

잠깐 당황했으나, 곧장 방법이 생각났다.

이제 공부의 질 말고도 A반을 향해 갈 이유가 생겼다.

최여진.

그녀 옆에서 수업을 들을 수 있노라면 낮에 눈을 뜰 때 기분이 남다를 것이다.

박동준 형에겐 미안하지만 그녀가 더 즐겁다.

"자, 시작한다. 1시간 안에 3과목 다 풀면 돼. 간이 시험 이니까 진짜 시험보다 문제 수는 적을 거야. 대신 난이도 분포가 극적이다. 그냥 열심히 풀면 돼."

강사가 귀찮다는 듯이 대충 설명했다.

나는 연필을 집어 들어 시험지를 풀었다.

그러다 일부러 연필을 부러뜨렸다.

이제까지 잘 공부하긴 했지만 0포인트 상태에서 시험을 보고 싶었다.

당연한 판단이었다.

"저어, 선생님. 정말 죄송한데 연필이 부러졌습니다. 하나만 빌려도 될까요?"

[갑질 1포인트 소모.]

"그래."

내 말에 순순히 강사가 자신의 연필을 빌려주었다.

본인의 의사가 어쨌든, 정황상 자연스러운 흐름이었다.

나는 연필을 받아들어 심호흡을 했다.

"후우."

맑아지는 정신.

강사의 표정을 보니 여전히 내가 못미더운가 보다.

D반 주제에 왜 괜히 설치냐는 거지.

"음."

문제들을 주욱 훑었다. 오늘 공부한 내용들 태반이 나왔다.

영어나 국어는 보는 순간 속독처럼 문제와 보기들이 읽히며, 얼추 답일 것 같은 선택지들이 인지됐다.

그래도 교만하지 않고 하나하나 문제를 풀었다.

오늘 수백, 수천 번씩 반복한 문제풀이 과정을 차분하게 재생시켰다.

지문을 읽고, 답을 유추하여, 보기 중 가장 가까운 선택지를 골랐다.

각 과목에 적합한 방식으로 생각하며, 유연하게 소화하고 이해한 정보들을 활용했다.

"음."

한 두 문제는 난이도가 극상인지 열심히 보아도 모르는 것들이었다.

그래서 원래 배운 것에서 유추해 최대한 풀어보았다.

앞으로 마주할 A반 수준이 바로 극상 수준의 문제겠지.

오늘처럼 아주 편안하지만은 않을 것이다.

그래도 남들은 피토하며 공부할 때 나는 평온하게, 흘러가듯이 할 수 있다는 건 변하지 않는다.

"음?"

시간을 봤다.

약간 빠듯할 거라 생각했는데 겨우 20분이 지났을 뿐이었다.

그것도 3과목 전부를 다 푸는데!

나는 갸우뚱하며 전 문제를 다시 검토했다.

맑은 정신으로 풀어서 그런지 실수는 없었다.

"다 풀었습니다."

"뭐? 벌써? 어휴. 찍었냐."

"아닙니다."

"아니긴 뭘 아냐. 아무리 문제 수가 적어도 20분 만에 다 풀어? 한 과목도 아니고 다? 다 못 풀어도 최대한 점수 맞히는 게 관건인데. 어휴, 말해 뭐해."

강사는 믿을 수 없다는 듯 투덜거리는 어투로 말했다.

단순히 날 무시하는 것 뿐 아니라 실제로도 말이 안 되어서였다.

분명 나는 D반 출신인데 말도 안 되는 속도를 보였다.

그래. 한 번 채점부터 해보세요.

"그래도 원장님이 말씀하신 거니 채점은 해주마. 거기 앉아 있어."

강사가 한 소리 하겠다는 심정으로 채점을 시작했다.

나는 곧 터져 나오는 웃음을 간신히 참아야만 했다.

잔뜩 찌푸렸던 강사의 표정이 서서히 펴지며 이내 경악으로 물들어가기 시작한 것이다.

문제를 맞힌 게 신기한 게 아닐 것이다.

D반 학생이 20분 만에 맞혔다는 점이 신기할 테다.

"뭐, 뭐야."

이상한 소리를 할까봐 먼저 선수를 쳤다.

"열심히 했습니다. 거기 옆에 풀이 과정이나 유추 과정 대충 적어놨으니 혹시라도 이상한 의심은 안하셨으면 합니다."

"어, 어, 그래. 보여."

내 말에 강사가 말을 잇지 못했다.

잔뜩 무시하던 내게 따귀라도 맞은 표정이었다.

"자, 잠깐 기다려."

강사는 시험지들을 들고 강의실을 빠져나갔다.

잠시 후 원장님이 강사와 함께 들어왔다.

이번엔 내 눈을 똑바로 바라보고 있었다.

"학생, 이름이 뭐라고 했지?"

역시 기억하지 않았구나.

나한테 받은 10만원만 기억했겠지.

"김준후입니다."

"공부 열심히 했나봐. 채점해보니 기본적으로 B반은 들어가겠는데?"

"B반이요?"

"그래! 허허허! 우기기에 웬 객기인가 싶었는데 제대로 공부를 했나 보구먼. 이 정도면 학원 홍보에도 쓸 수 있겠어. A반으로 올라간다면 말야. 김준후라고 했지?"

"네……."

"수고 많았다. 내일부터 B반으로 등교해. 안내물은 이메일로 보내줄게."

"수고했어, 학생."

"수능 보고 충격 받아서 전엔 시험을 잘 못 치른 모양이야. 원래 C반 수준이었는데 우리 학원 교육 덕분에 B반 수준이 된 게지. 가자고."

원장님도 그래도 교육자인가 보다.

내내 무시하고 시큰둥하다가, 큰 성취를 보이니 자기 일처럼 기뻐해준다.

굳이 따지자면 학원의 이익을 위해서긴 하지만.

"허."

C반으로의 월반은 당연하다고 생각했다.

문제를 풀면서 오후와 저녁 시간에 느낀 그 확신들을 재차 느꼈으니까.

하지만 성과가 B반으로의 월반일 줄은 몰랐다.

어제만 해도 난 D반 재수생 김준후였는데…….

"와아!"

홀로 빈 강의실에서 낮은 비명을 질렀다.

뭔가 부당하게 얻었다고 느낄 정도로 빠른 성취긴 했다.

그래도 분명 내 머리에서 나온 성적이었다.

"으하하!"

원래 한 번 공부했던 것들을 보충하는 공부여서 더 속도가 빨랐던 거 같다.

어렴풋이 보았던 것들. 공부하고 잊었던 것들.

그런 조각들이 오늘 새로 퍼부은 정보와 융화된 것이었다.

[미니 퀘스트 완료. C반으로 월반-이상의 성취를 이루었으므로 초과 성취 인정하여 완료된 것으로 계산됩니다.]

[100만원 수취를 위해 아무도 보지 않는 곳으로 이동하세요.]

기쁨은 끝나지 않았다.

쉽게 만져볼 수 없는 돈이 갑작스레 주어지게 된 것이다.

이미 뫼비우스 초끈의 성능은 확실하게 여러 번 경험했다.

나는 얼른 짐을 싸 학원을 나섰다.

자습실에 최여진이 있나 살펴보고 싶었지만 참았다.

삐리리.

공부를 위해서 바꾼 3G 폴더 폰으로 문자가 왔다.

-준후야, 미안해. 다른 알바 구했다. 오늘부터 안 나와도 돼. 해당 지급액은 계좌에 다 제대로 넣었어. 수고 많았다. 답장은 하지 말거라.

"허, 참네."

말투는 부드러웠지만 일종의 보복이었다.

지난 번 점주가 다른 여알바를 만지작거리는 걸 뭐라 한 적이 있었다.

보다 못해서 말이다. 누가 봐도 성추행이었으니.

그런데 이렇게 이유 없이 잘라버리다니.

"상관없다."

어차피 일한 만큼은 돈을 받았고, 그에 더해 더 큰 돈이 들어온다.

여기면 되려나.

구석지고 어두운 골목 끝자락에 왔다.

내 주변에 있는 건 외로이 서 있는 가로등뿐이었다.

언제 졸려질지 몰랐기에 맘이 조마조마했다.

사실 그 때문에라도 야간 아르바이트는 그만두려 했다.

[아직 누군가 지켜보고 있으므로, 보상 지급 환경이 갖추어지지 않습니다.]

"응?"

난 섬뜩한 기분에 얼른 주변을 돌아보았다.

분명 구석진 골목인데 누가 날 지켜보고 있다는 건가.

귀신이라도 본 기분이었다.

아무리 열심히 살펴도 내 주변엔 아무도 없었다.

"대체 누가 있다는 거야."

[아무도 보고 있지 않으므로 보상이 지급됩니다.]

잠시 후 뫼비우스 초끈이 다른 말을 했다.

오싹하네.

우우웅.

공간이 보라색으로 갈라지며 퉤 5만권 다발을 뱉었다.

나는 얼른 그것을 받아들어 책가방에 넣었다.

그리곤 빠른 걸음으로 집으로 향하기 시작했다.

"후우, 후."

심장이 쿵쾅쿵쾅 뛰었다.

엄청난 돈을 가방에 가지고 있다는 것과, 누군가 나를 몰래 지켜보고 있었다는 것 때문에 말이다.

그 정도 골목이면 절대 지나가다 나를 쳐다보고 있었을 리 없다.

"뭐지."

얼른 집에 도착해 100만원을 퇴근해 쉬고 있는 어머니에게 들이밀었다.

어머니는 눈이 휘둥그레졌다.

"이게 뭐야?"

"아아. 아르바이트 외에도 틈틈이 번역 아르바이트를 했어요."

"뭐라고? 번역? 네가 그렇게 영어를 잘했니?"

"그럼요, 엄니."

내 말에 어머니가 환하게 웃었다.

홀로 가정을 이끄느라 매 번 고생이 많고 스트레스가 극심하시겠지.

나는 편의점에서 받은 돈을 쓰면 된다.

그렇다 해도 이번 달은 널널 하다.

"고맙다. 얘야. 정말 수고 많았어. 공부는 잘 되고?"

"그럼요."

어머니와 오랜만에 편안하고 따뜻한 대화를 나눴다.

어머니가 내어온 간식을 허겁지겁 먹은 후 방으로 들어갔다.

들어가니 동생이 웅크리고 있었다.

"형 왔다! 뭐하……."

동생은 흐느끼고 있었다.

게다가 교복 뒤로 드러난 등에 이상한 게 보였다.

난 눈이 뒤집어져 얼른 달려갔다.

"이게 뭐야."

동생이 나를 흠칫 뒤돌아보더니 눈물이 범벅된 얼굴로
조용히 하란 손짓을 했다.

나는 동생의 조용하라는 손짓에 일단 고개를 끄덕였다.

좀처럼 이해가 되지 않았다.

멍 자국은 기본이고 불로 지진 자국에, 온갖 유성 팬으로
쓴 욕설까지…….

욕지기와 화딱지가 끓어올랐다.

"어떻게 된 거야?"

"어흑흑. 조용히 해. 엄마 들어."

"알겠어. 알겠으니까 조용히 말해줘."

이 와중에도 어머니가 걱정하실까봐 비밀을 지키려는 남
동생이다.

중학교 2학년밖에 안 됐음에도 속이 깊은 편이다.

그런데 이런 일을 당하다니.

"같은 반 놈들이야."

동생이 짤막하게 말했다.

그러자 모든 그림이 그려졌다.

일진이랍시고 조폭 놀이를 하는 문제아들.

그냥 몰려다니며 평화롭게 놀면 그래도 다행이지만, 문제는 약한 아이들을 괴롭힌다는 것이었다.

내가 중학교에 다닐 때, 온순한 성격을 만만하게 보고 시비를 걸던 하이에나 같던 놈이 생각났다.

결국 심하게 패서 다시는 건들지 못하게 만들었는데.

내 몸이 허약한 편이라도 그 놈은 유독 덩치가 작았었다.

"어휴. 얼마나 됐어?"

"좀 됐어. 이 정도는 아니었는데. 돈을 안 갖다 바친다고 오늘 폭발했어."

"그동안 돈 갖다 바쳤어?"

"응…… 미안해."

"아냐. 네가 미안할 게 아니라고."

열불이 올라왔다.

평소 화를 그리 잘 내는 편은 아닌데 손이 부들부들 떨렸다.

그러면서 동생에게 너무 미안해졌다.

아버지 없이 형이라곤 하나 있는데, 동생이 맞고 다니고 이런 끔찍한 가학 행위를 당할 시각에 처음 보는 여자랑 웃고 떠들고 있었다니.

"미안하다."

화가 너무 극으로 달해 울컥 눈물이 올라왔다.

나를 보고 동생이 나를 툭 쳤다.

"형까지 오버하지 마라."

이런 상황에서도 장난을 치는 씩씩한 놈이다.

"SNS로 사진 다 보여줘. 이름이랑."

"왜. 형이 뭐 하려고. 괜히 일 크게 벌리지 마."

"진짜로. 장난하는 거 아냐."

나는 정말 오랜만에 동생에게 정색하는 표정을 보였다.

작년에 사춘기랍시고 동생이 어머니에게 함부로 말한 이 례로 처음이있다.

"아, 알았어. 눈에 힘 풀어."

동생은 스마트폰으로 그 찢어죽일 양아치 놈들의 면상을 보여주었다.

지금 불같은 감정 같아선 스스로 자해하라고 갑질 명령을 내리고 싶다.

정말 아프고 고통스럽게 만들고 싶다.

하지만 곧 난 잠에 빠져든다.

게다가 아직 내겐 갑질 포인트가 많이 없다.

"준수야. 진짜 조금만 참아. 알았지?"

"그래. 큰 기대는 안 한다만, 제발 형 다칠 짓은 하지 마. 나도 신고하거나 교육청에까지 도움 요청할 생각이 있으니까."

"그래. 그 전에 내가 어떻게 해볼게. 진짜 며칠만 참아. 학교에 안 나가도 좋아. 어머니한텐 내가 잘 말씀 드릴게."

"진짜?"

동생도 모범생은 아니다.

나와 다를 바 없이, 원래 공부머리가 뛰어나진 않다.

그래도 이런 일을 당할 줄은 몰랐는데.

적어도 평범할 거라 막연히 가정했는데.

학교 안 가도 된다는 말에 반가워하는 녀석이 불쌍해 보이기도 했고 밉살스러워 보이기도 했다.

"진짜야. 자, 이걸로 그 놈들 눈에 안 띄는 동네 가서 시간 보내. 그 사이에 형이 처리한다."

주머니에 있는 카드를 동생에게 건넸다.

편의점 보수가 입금된 계좌와 연결된 현금 카드였다.

"캬. 우리 형이 이런 사람인 줄 몰랐는데?"

"시끄러. 일단 자라. 그리고 운동 좀 해. 앞으로는 이런 일 없어야지. 병원은 가 봤어?"

"아니."

"내일 아침 되자마자 가. 학교 가지 말고. 알았어?"

"으응, 형!"

항상 은근히 개기던 동생이었는데 오늘만큼은 순순히 말을 듣는다.

얼마나 힘들었으면.

얼마나 나의 이 뒤늦은 도움의 손길이 반가웠으면.

다시 눈물이 날 거 같았지만 꾹 참았다.

동생 앞에서 그런 모습을 보이는 건 전혀 도움이 안 된다.

"자라. 바람 좀 쐬고 올게."

"그래, 형."

밖으로 나가 어머니에게 동생이 특별 캠프에 간다고 잘 둘러댔다.

어머니는 내가 쥐어준 목돈을 세며 즐거워하셨다.

그 사이 난 어머니 폰을 집어 동생 담임의 전화번호를 수신 기부 처리 했다.

"내일은 가족 셋이서 오순도순 삼겹살을 해먹을 수 있겠구나."

"그러면 좋죠!"

어머니에게 웃어 보인 뒤 집을 빠져나왔다.

"후우우우!"

목이 터져라 비명을 지르고 싶었지만 참았다.

밤이었으니까.

곧 나도 잠을 잘 테지.

이번 밤은 유독 길게 느껴질 거 같다.

동생을 저렇게 만든 개새끼들이 보고 싶어져서.

"하아. 진짜."

다시 화가 치밀어 오르니 이런 생각까지 들었다.

자살하라는 명령.

그건 몇 포인트나 소비할까.

"참자, 참아."

하지만 그러면 동생이 충격을 먹을 거 같았다.

솔직히 내 입장에선 그런 양아치 몇이 사라지는 건 크게 신경 쓰이지 않는다.

그래도 일단 인간적으로 처리하자. 나도 뫼비우스 초끈을 지녔다고 사람 목숨을 진짜 파리 목숨으로 대하면 좋을 게 없겠지.

"하."

겨우 열을 가라앉힌 뒤 집에 돌아왔다.

어머니도 동생도 자고 있었다.

그러고 보니 그동안 내 신세가 급급해 가족에 많이 신경을 쓰진 못했네.

오늘은 둘 다 돈만 쥐어줬지만, 앞으론 더 돌보아야겠다.

"휴."

새근새근 자는 동생 옆에 누워 눈을 감았다.

분명 요즘 중학생들이 벌이는 짓은 조직폭력배 못지않게 살벌하지만, 내가 곧 눈을 뜰 곳은 실제로 생사가 오가는 지옥 같은 공간이다.

눈을 뜨자 리치 핏 주변이었다.

[카몬 - 1층 - 101위.]

다행히 저번에 이룩한 성장이 고스란히 남아있었다.

나는 리치 핏 내부를 바라보았다.

그 안에 있는 우월자들이 주고받는 페로몬이 다시금 들려오기 시작했다.

뇌 한 편이 간질였다.

−근데 101위가 바뀌었다면서.

−그러게 말야.

−왜 아직 이쪽으로 안 오는 거지? 그 정도면 페로몬 대화가 가능하잖아. 아직도 멍청하게 헤매고 있으려나?

보아하니 내 얘기를 하고 있었다.

주변을 둘러보면 하나 같이 나보다 작고 열등한 마물들 뿐이었다.

내 위에 있는 100마리의 마물들은 저 리치 핏에 서식하는 게 분명했다.

리치 핏〈Rich Pit〉이라는 이름답게, 천장 구멍 바로 아래에 위치한 곳이라 항상 배설물과 폐기물이 가득했다.

−저기, 내가 101위야.

−오! 과연 그렇네. 네가 전 101위를 재치고 올라온 놈이구나.

-전 101위? 그 놈은 어떻게 됐어?

궁금해져서 마물들에게 물었다.

-뭐, 리치 핏에서 쫓겨났지. 너도 온 김에 바로 시험을 봐야겠다.

-뭐라고?

-리치 핏에선 100위 내 우월자들만 살 수 있어. 100위와 싸워서 이겨야 받아주겠다. 서열 둘셋 차이는 큰 차이가 아니거든. 항상 변수가 있어.

우월자들은 곧장 내게 텃세를 부렸다. 함부로 리치 핏에 들어서지 말라는 것이다.

[리치 핏 우월자들에 합류하라. 보상: 추가 레벨 업.]

나는 온 몸을 응축했다 폈다.

-그러지. 100위는 어디 있어?

어차피 야생보다 살벌한 던전이다.

이제껏 1층 마물들을 셀 수 없이 잡아먹었는데 100위라고 망설여질 리 없다.

나는 빠르게 우월자 무리에 합류하기로 결정했다.

저편에서 서열 100위의 하급 마물이 스륵 기어왔다.

100위는 제 나름에 겁을 주겠다고 몸을 과하게 응축했다 폈다.

얼추 보면 정말 나와 덩치가 비슷한 녀석이었다.

누가 먼저 유리한 지점을 물어서 피해를 입지 않고 상대를 소화시켜 먹냐가 관건.

물론 그건 내가 각성하지 않았을 때의 얘기였다.

-준비됐나.

-그래.

-안 됐네. 리치 핏에 오자마자 내 먹이가 돼야 해서. 배설물만 먹느라 질렸는데 잘 됐어.

-차라리 쫓겨난 이전 101위가 더 나은 걸지도! 죽진 않잖아!

주변 마물들이 겁을 주려는 듯 속삭였다.

나는 미동도 없이 100위가 다가오는 걸 기다렸다.

-잘 먹으마. 그래도 리치 핏 구경은 했으니 너무 아쉬워하지 마.

-넌 구석 구간에서 기어 다니며 하찮은 놈들 사이에서 살았어야 했어!

-하지만 대화를 하고 싶어서, 더 좋은 자리를 찾아서 결국 여기로 이끌렸겠지!

-어차피 죽을 거였네!

100위가 마침내 가까워져 좌악 주둥이를 벌렸다.

내가 겁을 먹어 얼은 것이라 생각하는 듯 했다.

[각성.]

꾸르르륵.

몸이 불어나며 한순간 주변에 있던 모든 마물들이 작아 보였다.

실상은 내 눈높이가 올라간 것이었다.

-무슨?

"꾸룩!"

찢어져라 주둥이를 크게 벌려 대놓고 정면에서 100위를 집어삼켰다.

"꾸레에엑!"

100위가 당황하여 비명을 질렀다.

꿀럭.

하지만 잠시 뒤엔 이미 내 소화 기관에 뇌가 분해되고 있었다.

-레벨 업! [Lv.8301 / 힘: 0.8301]

[학습률1000%를 선택합니다.]

의심을 받지 않기 위해 급히 각성을 풀었다. 몸이 다시 작아졌다.

그래도 서열이 100위 위로 올랐을 테니 관심을 받는 건 어쩔 수 없겠지.

-오. 너 뭐야?

-대체 어떻게 된 거지? 갑자기 커졌어!

-설마 우즈님처럼 능력자인 건가?

우즈라.

그 이름을 기억해야겠다.

아직까지 능력흡수는 한 번도 활용하지 못했다.

곧 써볼 수 있겠구나.

-그래.

마물들의 열 띤 물음에 간단히 답했다.

-놀랍구나. 진짜 순간적으로 몸을 불릴 수 있다니! 대단한 능력이야.

-이제 네가 100위다! 리치 핏에 온 걸 환영해.

한순간 주변 마물들이 일제히 꿈질거렸다.

나도 예상 가는 것이 있어 맘의 준비를 했다.

-너……. 100위가 아니잖아?

[카몬 – 1층 – 94위.]

100위를 잡아먹어 또 레벨 업을 해버렸다.

당연히 내가 100위를 제치고 100위가 될 거라 생각한 마물들은 당황할 수밖에 없었다.

-몸만 커지는 게 아냐. 힘을 숨길 수 있거든.

-오오. 그럼 서열이 달라지는 건가? 놀랍구나.

-저, 저보다 위이시네요.

95위부터의 마물들은 어느새 거리를 두고 내게 존댓말을 하고 있었다.

밑바닥 우월자라고 잔뜩 괴롭히려다 충격을 받고 물러선

것이었다.

-여기선 말을 나누는 건 물론, 휴식 시간을 아슬아슬하게 누릴 수 있다.

-휴식 시간?

85위가 여전히 여유를 갖추고 내게 말했다.

9위차이라면 설사 내가 능력자라도 자신이 이긴다는 기세였다.

아닐 텐데…….

-그래. 아마 밖에선 매 순간 죽지 않으려고 미친 듯이 기어 다녔을 거야. 하지만 여기선 오히려 반대야. 서열이 높을수록 휴식할 수 있는 시간이 늘어난다.

얼추 어떤 문화인지 추측이 갔다.

1층 마물들에겐 1분 동안의 생존 여유 시간이 주어진다.

[남은 생존 시간: 45초.]

그 시간 안에 식사를 하지 못하면 죽어버린다.

실상은, 실제로 1분 동안 여유를 가질 수 없었다.

항상 다음 먹을 것을 찾아다니며 열심히 기어 다녀야 했다.

하지만 항상 눈앞에 폐기물과 배설물이 쏟아지는 거라면 얘기가 달랐다.

-뭔지 알겠어. 내 휴식 시간은 얼마야?

-4초.

-뭐?

-리치 핏 아래 서열이 열심히 먹지 않으면 배설물이 너무 쌓여서 상위 우월자님들이 뒤덮이게 된다. 그러니 기쁘게 봉사해. 나도 마찬가지인 신세다.

듣고 보니 어이가 없었다.

오히려 하위 서열이라면 리치 핏 내부에 있는 게 손해인 거 같았다.

물론 먹을 걸 못 찾아 굶어죽을 걱정은 없을 테지.

대신 리치 핏 밖에서 돌아다니는 것보다 더 바쁘게 역겨운 식사를 계속해야 했다.

거의 노예 수준의 청소부 같은 개념이잖아.

-그래. 알겠다. 리치 핏에 입성했으니 열심히 식사하겠다.

그리 말하며 나는 조용히 풍성한 폐기물들을 식사하기 시작했다.

어차피 아래 서열에 오래 머무를 생각이 없다.

그러니 당장 불만이 있어도 티 내지 않기로 했다.

-레벨 업! [Lv.8312 / 힘: 0.8312]

학습률1000% 상태에서 연속적으로 식사를 했다.

그러니 다시 빠르게 레벨이 올라가기 시작했다.

"꾸륵."

그러면서 잠깐 고민을 했다.

이럴 거라면 리치 핏을 나가서 동족 포식을 한 다음 더 강력해져서 돌아오는 게 낫지 않을까.

-94위. 네가 새로 온 놈이구나. 함부로 나가려 하면 잡아먹을 테니 그리 알아.

저편에서 넓적한 덩치를 가진 32위가 다가와 내게 협박을 했다.

자신의 편안한 휴식을 위해 도망가지 말고 열심히 봉사하란 것이었다.

100위권은 돼야 부려먹기 편한 소화력을 지닐 테지.

-알겠습니다.

"꾸륵."

반복적인 식사를 하며 계속 주위를 살폈다.

일단 미러 퀘스트와 정보 습득을 위해 리치 핏에 입성하고 합류하긴 했다.

하지만 계속 머무는 건 시간 낭비 같았다.

적어도 하위 서열자라면.

나는 계속 위로 돌진하고 싶었다.

"꾸르륵."

제법 머리를 굴렸는지 상위 우월자들이 리치 핏 끝자락을 돌며 하위 우월자들을 관리했다.

-레벨 업! [Lv.8394 / 힘: 0.8394]

그 사이 꾸준히 나는 서열이 올라갔다.

한 가지 발견한 점은, 서열이 높아질수록 성장폭이 작아진다는 것이다.

이제 레벨이 9000대에 달했음에도 아직까지 80위권에 진입하지 못했다.

차이가 많이 나긴 하나보구나.

"꾸르르륵."

그러다 45위가 맡고 있는 리치 핏 끝자락을 발견했다.

저 정도라면 잡아먹진 못해도 각성하여 몸통으로 쳐낼 수 있을 거 같았다.

조금만 더 레벨과 몸집을 키우고 각성해서 도전해 봐야지.

70위 권에 진입하자마자 리치 핏을 탈출할 것이다.

"꾸륵."

-레벨 업! [Lv.9055 / 힘: 0.9055]

45위 주변을 맴돌며 열심히 식사를 하고 있는데 갑자기 주변 페로몬이 부산스러워지는 게 느껴졌다.

-1층의 주인이시여!

-어떤 일로 여기까지……!

-우즈 님이시다!

몸체를 돌려 눈에 확 띄는 1층 마물을 올려다봤다.

누구보다 큰 덩치를 가지고 있는 존재였다.

-네가 이번에 들어온 신입이냐? 듣던 거랑 다르게 서열이 85위로군.

-그렇습니다.

-힘을 숨기고, 덩치를 키운다라! 내 수하로 쓸 만 한데?

-최선을 다해 섬기겠습니다.

-어서 50위 권으로 크라고.

우즈라는 놈은 과연 1인자 다운 거만한 기색이 가득했다.

놈이 몸을 돌리는 순간, 회심의 미소를 지으며 뫼비우스 제 3 권능을 발현시켰다.

[능력 흡수. 대상: 우즈.]

몸속에서 소용돌이가 이는 게 느껴졌다.

❖

우즈의 능력이 조용히 내 안에 새겨졌다.

몸속의 격렬한 고통은 곧 이물적인 하나의 기관으로 자리 잡았다.

[능력 흡수: 마비 독 더듬이.]

[능력 흡수와 함께 능력을 사용하는 숙련도나 감각도 고스란히 흡수합니다.]

이런 걸 숨기고 있었구나.

우즈는 단순히 1층에서 가장 덩치가 큰 마물이 아니었다.

놀랍게도 페로몬 대화 외에도 마비 독을 뿜는 더듬이를 자연 각성한 거 같았다.

모르고 덤볐으면 큰 일 날 뻔했네.

어떤 면에서 능력 흡수는 그 자체 기능 외에도, 정보전

기능도 포함하고 있었다.

"꾸륵."

[타겟 - 1층 - 45위.]

약 4시간 동안 꾸준히 식사를 하며 레벨을 올렸다.

일부러 서열이 급히 바뀌는 걸 들키지 않기 위해 자주 자리를 바꿨다.

때문에 그 동안은 임시적으로 45위와 멀어져야 했다.

-신입. 제법 일을 열심히 하네. 쓸모가 있어.

-근데 왜 듣던 거보다 서열이 훨씬 높지?

-잘못 들으셨나 봅니다. 구석에서 좀 오래 살다 왔습니다.

-척박한 곳에서도 제법 잘 컸군.

지겹도록 식사를 계속하며, 제법 쓸 만한 신입으로 인정받게 되었다.

그럴수록 나를 제대로 인지하는 존재들을 슬금슬금 피했다.

최악의 경우는 내가 이상할 정도로 빨리 성장한다는 걸들켜서 단체로 공격을 받는 상황이다.

[카몬 - 1층 - 78위.]

총 5시간 정도를 끈질기게 식사에 매진하자 마침내 원하는 수준에 도달했다.

원래라면 71위 정도를 생각했지만, 고맙게도 우즈의 능력을 얻게 됐다.

각성은 순간적으로 몸을 키우고 힘을 강화시킬 수 있지만, 단점이라면 그 척도가 어느 정도인지 정확히 모른다는 것이었다.

그래서 항상 불확실성을 안고 가야 했다.

각성 사용 시 필승을 확신할 수 있는 건 그만큼 서열 차가 적은 존재들 뿐.

"꾸르륵."

하지만 마비 독 더듬이를 사용한다면 이야기가 다르다.

목적은 죽이거나 잡아먹는 게 아니라 도망칠 수 있게 치우는 정도니까.

"꾸르륵."

-아, 죄송합니다, 78위님! 제가 비키겠습니다.

하위 우월자들끼리도 참 위아래가 분명했다.

불편할 정도로.

[타겟 - 1층 - 45위.]

마침내 돌고 돌아 목표로 삼은 놈을 찾았다.

여느 때와 마찬가지로 자신에게 주어진 휴식 시간을 즐기며, 느긋하게 하위 우월자들을 감시하고 있었다.

"꾸르륵."

-어이, 너무 바깥으로 나오지 마. 너 정도면 8초는 쉴 자격이 있을 텐데 왜 이리 열심히 식사하는 거야? 잘 보이려고 환장했냐?

나는 더더욱 45위에게 가까이 다가갔다.

-페로몬이 안 들리나? 안쪽으로 들어가라고!

강한 향취의 페로몬이 들렸음에도 더더욱 가까이 다가갔다.

-이게 미쳤나!

45위가 화를 내며 주둥이를 꿈질거렸다.

주위 하위 우월자들이 덩달아 겁을 먹어 몸을 웅크렸다.

[각성.]

꾸르르륵.

나는 몸을 불려 45위에게 몸을 가져다 댔다.

그리곤 본능적으로 터득한 감각으로 더듬이를 휘둘렀다.

"꾸렉!"

더듬이에서 마비 독이 분비돼 45위의 눈을 때렸다.

"꾸레에엑!"

앞이 보이지 않는 고통에 45위가 비명을 질렀다.

독이 뇌까지 전이되면 죽을 수도 있었다.

툭!

나는 힘껏 각성된 몸으로 45위를 쳐냈다.

그리곤 미리 봐둔 배설물 강줄기로 몸을 굴렸다.

촤르르르.

예상대로 탈출은 성공적이었다.

-78위! 네 놈의 페로몬 향취를 기억하고 있다! 너는 리치 핏의 공적이야! 돌아오는 순간 곧바로 잡아먹어버릴 거야!

45위는 분노에 차 비명을 질렀다.

마비 독에 당했다는 사실은 아직 당황해 깨닫지 못하는 듯 했다.

"꾸륵."

나는 적절한 순간 배설물 강에서 빠져나왔다.

그리곤 다시 얻은 자유에 잠시 휴식했다.

누가 허락해서 하는 것이 아닌 순수한 나만의 휴식.

밖에서 보면 풍요로운 리치 핏이지만 안에서는 착취나 당하는 꼴이라니.

겉에서 보는 우월 사회의 모습은 꽤나 다른 거 같다.

[학습률1000%를 선택합니다.]

"꾸륵."

"끄렉!"

이번엔 망설임도 죄책감도 없었다.

말도 못하는 1층 마물들을 마구잡이로 포식하기 시작했다.

내겐 한 가지 목표밖에 없었다.

2위가 되어 우즈에게 도전하는 것.

"끄렉!"

전과 같이 수없이 많은 마물들이 내 뱃속으로 사라져갔다.

-레벨 업! [Lv.12001 / 힘: 1,2001]

"꾸레엑!"

-레벨 업! [Lv.12051 / 힘: 1.2051]

기계적인 포식 작업은 한동안 계속되었다.

어느 순간 정신을 차리면 내 주위가 텅 비어있었다.

내가 너무 흥분하여 배설물과 마물들을 한꺼번에 집어삼킨 것이었다.

알아서 경험치가 추가로 산출됐겠지.

나는 그저 덤덤하게 자리를 옮길 뿐이었다.

"꾸륵."

[카몬 - 1층 - 33위.]

벌써 상위 우월자·수준으로 서열을 올렸다.

아직 밤 시간은 제법 남아있는 상태.

지금 수준만 해도 리치 핏에 가면 편히 살 수 있다.

하위 우월자들이 관리해주는 리치 핏에서 내게 주어진 휴식 시간을 누릴 수 있다.

"꾸륵."

하지만 난 저급하고 한정된 지능을 가진 마물이 아니다.

아무리 돈 없고 힘없는 대한민국의 을로 살았다지만 난 인간이다.

겨우 1분 휴식에다, 뚝뚝 끊기는 역겨운 배설물 식사에 만족할 순 없었다.

2층 진출도 겨우 시작일 뿐이지.

"끄렉!"

-레벨 업! [Lv.12551 / 힘: 1,2551]

-저기요. 우월하신 분이시여! 혹시 제 말이 들리시나요?

한참 성장에 열을 올리고 있는데 누군가가 다가왔다.

리치 핏에서 보낸 놈인가 싶어 얼른 자세를 잡았다.

-뭐야.

-놀라게 했다면 죄송합니다. 저는 훨씬 하찮은 존재입니다.

[타겟 - 1층 - 100위.]

쫓겨났다는 그 놈인가.

이런 바깥 지역에 페로몬 대화 가능자가 있을 가능성은 매우 낮다.

모두 편한 삶을 꿈꾸고 리치 핏으로 진출하겠지.

-용건이 있나.

-그렇습니다. 저를 겁쟁이로 조롱하며 쫓아낸 자들에게 복수하고 싶습니다.

-네 힘으로 그게 될까.

-죄송한 말씀이지만, 전부터 멀찍이서 지켜 봐 왔습니다. 계속해서 말이지요. 서열이 마구잡이로 오르시더군요. 몸집도 커지고, 우즈님만 가진 줄 알았던 마비 독 능력도 사용하시고!

흥분에 찬 놈을 매섭게 노려보았다.

그러면서 잡아먹을 준비를 했다.

나에 관해 너무 자세히 알고 있는데.

-당신이야 말로 1층의 진정한 주인이십니다. 남들은 수백 년이 걸리는 성장을 당신은 하루 만에 이루셨습니다. 돕고 싶습니다.

분명 100위 녀석은 내가 동족 포식을 하는 모습을 봤다.

그럼에도 위험을 무릅쓰고 내게 말을 걸 정도로 내 힘에 매료된 건가.

-미리 나를 도와서 특혜를 받고 싶은 건가?

-그냥 저를 쫓아낸 놈들 몇을 잡아먹어 주시면 만족합니다.

-넌 능력이 나보다도 훨씬 약하다. 어떻게 날 도울 거지?

폐기물 식사를 하며 100위의 말을 기다렸다.

- 위대하신 분 덕분에 전 얼떨결에 100위가 됐습니다. 이제 리치 핏에 들어갈 수 있지요.

-염탐을 해오겠다는 건가?

-그렇습니다.

-좋다. 네가 지목한 몇을 잡아먹어 주겠다. 내가 1위가 된다면.

-감사합니다! 그럼 다녀오겠습니다. 당신이야 말로 정말 특별한 분입니다.

급히 멀어지는 100위를 보며 피식 웃음이 나왔다.

나로썬 리치 핏 사정을 좀 더 알게 되면 유리해서 손해보는 게 없다.

하찮은 마물 몇 더 잡아먹는 건 문제도 아니고.

-레벨 업! [Lv.13174 / 힘: 1.3174]

곧 닿는다.

2위의 경지에.

100위가 돌아와 염탐한 정보를 보고할 때와 얼추 맞아떨어질 거 같다.

나는 벌써 2층을 생각하기 시작했다.

그 곳에는 어떤 생태계가 펼쳐져 있을까.

"꾸륵."

그러면서 수십 번씩 머릿속에 내 뱃속으로 사라지는 우즈를 그렸다.

❖

묘하게 겹친다.

0포인트 상태에서 공부할 때와 식사하며 레벨 업 할 때의 기분이 말이다.

분명 둘은 차원이 다른 몸에서 행하는 전혀 다른 행위이다.

그런데도 일맥상통한다고 할 정도로 뭔가 비슷하다.

"꾸륵."

매 순간 나아진다는 마약 같은 기분.

아무리 반복해도 전혀 지루하지 않은 느낌.

그것 때문이구나.

"꾸르르."

마침내 이뤄냈다.

[카몬 - 1층 - 2위.]

1층 전체의 수억 마리 마물 중 나는 이제 2인자다.

어딜 가든 우즈만 아니라면 내가 무조건 더 우월하고 강하다는 것이다.

실로 엄청난 성취였다.

불과 어제 밤만 해도 난 주변을 기어 다니는 하찮은 마물 중 하나일 뿐이었다.

-위대하신 분이시여.

예상대로 2위에 도달할 즈음하여 100위가 돌아왔다.

중간 중간 식사를 하면서 이동해야 해서 다녀오는 속도가 빠르진 않았다.

-알아왔나.

"꾸렉!"

나를 제대로 인지하곤 100위가 깜짝 놀라 비명을 질렀다.

-제, 제가 모시기로 한 그 분이 맞는 겁니까? 정녕?

-그렇다. 페로몬 향취를 보면 서열이 아니더라도 상대를 알아볼 수 있다는데?

-그, 그렇습니다. 그래서 겨우 알아봤습니다. 아니라면 2위처럼 대단한 분이 이런 곳에 있다는 게 더 이상했겠지요. 정말 이해가 안 갑니다. 대체…….

-그냥 원래 힘을 숨기고 있던 거라 생각해라.

-아아! 단순히 서열이 빨리 오른 게 아니라, 원래 대단했는데 서서히 꺼내는 것에 가깝군요. 그래서 그렇게!

100위는 경악을 금치 못했다.

나는 놀라는 녀석을 금새 잠재우기 위해, 뫼비우스 초끈에 대해 설명하지 않고 그냥 제일 쉽고 간단한 설명을 던져주었다.

-보고.

-아! 죄송합니다. 리치 핏의 구성은 말입니다…….

100위는 허겁지겁 리치 핏의 인원 배치에 관해 말해주기 시작했다.

대략 30위권에서 50위권이 리치 핏 주변에서 하위 우월자들을 감시한다.

그 위 우월자들은 리치 핏 중앙에서 휴식 시간을 즐기며 느긋하게 인생을 즐겼다.

우즈는 5위권 수하들을 거느리고 때때로 리치 핏을 순회한다고 했다.

자신의 우월함을 뽐내고 즐기기 위해서.

"꾸륵."

-수고했다. 복수하고픈 대상을 말해라.

-현 99위와 97위를 잡아먹어 주십시오.

-어렵지 않아. 먼저 가겠다. 천천히 따라 와.

-가시는 겁니까.

-오늘이 우즈의 마지막 날이다.

-와! 감히 그 분에게 대항할 정도라니. 과연 위대하신 분이십니다.

100위는 이렇게 빨리 내가 2위까지 오를 거라 생각지 못했나 보다.

그래서 당장엔 나를 복수에 이용하는 것만 생각했던 듯하다.

하지만 난 그런 작은 그림으로 만족할 생각이 애당초 없다.

[각성.]

이동 속도를 높이기 위해 각성하여 이동했다.

어느새 100위는 까마득히 뒤처지게 되었다.

나는 금세 폐기물 폭포가 쏟아지는 리치 핏에 다다를 수 있었다.

[각성 해제.]

스윽 둘러보니 예전 45위는 뇌로 독이 전이되어 죽은 듯했다.

"끄렉!"

-어, 어쩐 일로. 나가신 줄 몰랐습니다.

10위권이 아닌 이상 2위를 만나는 일은 흔한 일이 아니었다.

그래서 리치 핏 존재들은 처음 보는 나를 단순히 낯설어
하기만 했다.

-우즈님을 본 적 있나.

-아, 방금 내부 구간을 지나가셨습니다. 열심히 식사하
는 놈들을 칭찬해주시고 게으름 피는 놈 하나를 잡아먹으
셨습니다!

-알겠다.

감히 2위를 귀찮게 하는 마물은 없었다.

어디 갔다 오는지, 왜 밖에서 2위가 등장했는지 감히 묻
지 않았다.

"꾸렉?"

-음?

전에 나를 인지했던 마물 몇이 내 큰 덩치를 보고는 의아
한 기색을 드러냈다.

허나 내가 주둥이를 움찔거리며 쳐다보면, 더 의심하지
못하고 거리를 뒀다.

분명 내 페로몬을 알아봤으나 내가 2위라는 사실을 보고
생각을 바꾼 것이었다.

전에 본 나는 겨우 78위였으니까.

저들의 상식에선 불가능한 상황이었다.

-우즈님.

마침내 우즈를 발견해 스윽 그에게 따라붙었다.

-뭐야?

-저입니다. 덩치가 커지는 능력을 가진 신입.

-뭐야? 너라고?

우즈마저도 내 급작스런 변화에 호들갑을 떨었다.

그러면서 스윽 몸을 돌려 나를 뚫어져라 쳐다봤다.

-어쩐지. 갑자기 2위 녀석이 3위로 떨어지기에 이상하다고 했어. 힘을 숨기고 있었다니, 이 정도였나? 이제 나 외엔 위에 있는 존재가 없구나.

왜 없겠어. 나는 1층만 생각하고 있지 않다.

제한된 우즈와는 바라보는 비전이 달랐다.

아직 오를 층이 까마득히 많다.

-그렇습니다. 앞으로 열심히 모시겠습니다.

-대단하군. 구석에서 2위까지 커서 온 것이었다니. 왜 미리 지금 수준을 드러내지 않았나?

우즈는 이제 슬슬 나를 경계하는 거 같았다.

2위라면 곧장 1위를 노릴 수 있는 자리였다.

아마 믿는 구석은 독 더듬이겠지.

45위가 바로 죽어버려 아마 우즈는 나도 능력이 있단 걸 모를 것이다.

-리치 핏과 우즈님이 궁금해 일단 서열과 힘을 숨겼습니다.

-대단하군. 능력이 두 개나 있다니.

-우즈님도 능력자라 들었습니다.

-그래. 덕분에 네 놈 위에 확실한 최강자로 머무를 수

있지. 앞으로 나를 모셔라. 네게는 55초의 휴식 시간을 허락한다!

–감사합니다.

[미러 퀘스트 – 2층에 입성하라. 보상: 낮의 갑질 포인트 100포인트]

잘 됐다. 낮에 갑질 포인트를 많이 쓸 일이 있다.

형으로서.

"꾸르륵."

일단은 우즈를 따라다니며 기회를 엿보기로 했다.

지금은 너무 그를 따르는 부하들이 많았다.

–새로운 2위에게 리치 핏을 보여줄 것이다. 5위까지 따르도록.

"끄렉!"

나는 우즈를 따라 산책을 나섰다.

이제는 확실히 느껴졌다.

리치 핏 존재들이 부러움과 동경을 보내며 길을 트는 것이.

–그런데 우즈님.

–왜 부르나.

–2층이 존재한다는 것을 아시지요?

–당연하지. 내가 바보인 줄 아는가?

깔보던 전과 달리 2위로서 말을 걸자 우즈가 방어적인 자세를 보였다.

-혹시 1인자는 2층으로 올라갈 수 있지 않습니까?

내 물음에 우즈가 잠시 불쾌한 페로몬을 풍겼다.

-그래. 네가 알아서 뭐할 건가? 평생 상관없는 일인데!

-죄송합니다. 위층이 있단 게 궁금해서 그렇습니다.

-나는 58초를 휴식한다! 1층 모두가 내 소화 기관 아래에 있다. 그런데 내가 이런 자리를 버리고 왜 위로 올라가겠나? 올라가면 당연히 밑바닥 서열이 될 것이다.

2층의 아무나보단 1층의 최강자로 살고 싶다는 거구나.

우즈의 선택이 이해 갔다.

물론 난 바보 같은 선택이라고 생각한다.

-그렇군요.

우즈를 죽일 기회를 계속해서 엿봤다.

슬슬 던전이 차가워지는 것이, 밤이 끝나가고 있었다.

-우즈님.

-왜 또 부르느냐. 아무리 2위라도 계속 귀찮게 하는 건 곤란하다.

우즈는 급작스레 2위 자리를 꿰찬 내가 점점 더 거슬리는 것 같았다.

그럼 더 싫어하기 전에 내가 먼저 없애줘야지.

-잠깐 드릴 말씀이 있습니다. 커지는 능력을 공유하고 싶습니다.

-뭐라?

-터득 방법을 알려드리겠다는 겁니다.

-오오! 좋다!

우즈는 새로운 능력을 얻을 수 있단 말에 황급히 대답했
다.

그리곤 나를 따라 리치 핏 바깥으로 이동했다.

-페로몬이 들리지 않는 곳으로 가야하니까요.

-그래! 우리 둘만 아는 비밀이어야지. 너를 많이 아껴주
겠다.

내 충성심에 감동했는지 우즈가 잔뜩 흥분했다.

나는 몸속 더듬이에 조용히 신경 감각을 보냈다.

# 신분상승 가속자

## 2 장 – 리치 핏 대결

짧은 순간 우즈의 심정이 이해됐다.

최강자로 군림하고 있었는데 갑자기 나타난 신입이 커지
는 능력을 선보였다.

독 더듬이와 맞붙었을 때 누가 이길지 모르는 상황이었다.

그런데 곧이어 2위가 되어 비슷한 덩치로 나타났다.

그러니 위협을 느껴 거슬려 하는 건 당연했다.

"끄레에엑!"

놈은 내가 각성 외에도 더듬이를 가졌다는 생각은 꿈에
도 못했을 것이다.

나는 독 더듬이를 우즈의 눈에 휘둘렀다.

-이게 무슨! 설마!

-개인감정은 없다. 나는 2층으로 올라가야 하거든!

-그만! 뭐든지 해주겠다! 그만!

우즈는 그렇게 말하면서도 독 더듬이를 마구 휘둘렀다.

하지만 앞이 보이지 않아 나를 맞추진 못했다.

나는 스윽 우즈의 뒤로 이동해 그의 꼬리를 물었다.

"끄레아악!"

우즈는 꼼짝없이 발버둥 치는 신세가 되었다.

[각성.]

몸을 불려 더더욱 힘을 강하게 했다.

우즈는 독 더듬이를 집어넣더니 내게 애원하기 시작했다.

-제발 부탁이다. 몇 백 년간 폐기물을 소화하고 겨우 얻은 더듬이야! 겨우 1위까지 올라왔다고. 네가 이렇게 우월한 존재인지 몰랐다. 내 능력은 물론 커질 수까지 있다니!

-말했지만 난 2층에 가야 해. 유감이다.

-제발! 어차피 그러면 네가 1위인 거잖아. 죽이지만 말아다오.

"꾸륵."

우즈의 말에 혹시나 해서 확인했다.

[카몬 - 1층 - 2위.]

여전히 나는 1층의 2인자였다.

뫼비우스 초끈의 권능을 제외하면 확실히 우즈보다 아래라는 것이다.

하지만 각성과 능력 흡수란 권능 덕분에 난 압도적으로 우즈를 제압하고 있다.

말 그대로 살아있는 변수 그 자체인 것이다.

-안타깝지만 넌 죽어야겠다.

"꾸레아악!"

죽음의 공포 앞에 그 거만하던 우즈가 비명을 질렀다.

그러면서 마지막 발악을 했다.

[남은 생존 시간: 14초.]

나는 이동 중 우즈보다 몇 초 일찍 식사를 했었다.

그래서 놈보다 생존 시간이 길었다.

"끄렉! 끄렉!"

반면 우즈는 서서히 몸이 말라붙고 있었다.

각성한 상태라도 워낙 우즈는 덩치가 커 내가 잡아먹을 자신이 없었다.

독 더듬이가 소화될 지도 의문이고.

그래서 안전하게 굶겨 죽이기로 했다.

-정말 안 되는가. 정말 나를 굶겨죽여야만 하는 거냐? 이런 창피한 죽음이라니! 나는 리치 핏의 주인이란 말이다!

-안타깝게도 그렇다.

-처음 널 보자마자 죽였어야 했어! 잡아먹었어야 했어! 몸집이 커진다기에 신기해서 내버려 두었거늘!

-그러게 말이다.

"끄르륵."

마지막 저주를 퍼붓고 우즈가 말라붙어 가루로 화했다.

나는 우즈를 내려다보며 무표정하게 몸을 돌렸다. 그리곤 여유롭게 식사를 했다.

아무리 발악하고 난리 친다고 한들 하찮은 1층 마물이다.

큰 감정의 동요는 없었다.

[미러 퀘스트 완료! 낮으로 진입 시 자동으로 지급됩니다!]

[카몬 - 1층 - 1위.]

"꾸르르!"

얼마나 기다려 왔던 문구인가.

마침내 1층 전체에서 내가 가장 강한 존재가 되었다.

폭발적으로 레벨 업을 했지만 굳이 자세히 보지 않았다.

이미 정상에 오른 이상 의미가 없었다.

-이, 이럴 수가!

-우즈님이 죽은 건가!

-신입이, 아니! 신입님이 사실 진짜 1인자셨어.

-오오, 위대한 분이시여. 이름이 무엇이옵니까!

-카몬이다. 99위와 97위를 데려와라.

-당장 데려오겠습니다!

리치 핏으로 돌아가자 알아서 어련히 마물들이 나를 모셨다.

본능적으로 우즈가 죽은 걸 깨달은 것이다.

그래도 페로몬 대화 능력이 있는 자들답게 아주 멍청하진 않다.

이럴 때 보면 서열 본능이 꽤 편리한 것 같다.

일일이 힘자랑하여 서열 차를 확인시켜주지 않아도 되니까.

-대령했습니다.

-새, 새로운 최강자시여. 어째서 저희들을 찾으신 겁니까.

-전에 모르고 100위와 싸움을 붙인 것 때문이라면 제발 용서해주십시오!

-정말 모르고 그랬습니다. 그 땐 서열이 저희보다 낮아 보였습니다!

-구태여 설명할 거 없다. 내가 약속을 지키는 편이라 말이지.

주위를 둘러보니 100위가 날 지켜보고 있었다.

나는 놈을 바라보며 99위와 97위를 삼켰다.

그야말로 1층의 모든 마물들이 나보다 작고 약했다.

"꾸르르륵."

-방금 두 놈을 잡아먹은 것은 경고이다. 리치 핏 우월자들은 앞으로 똑같이 30초를 휴식한다. 다 같이 식사하면 폐기물에 뒤덮이지 않을 것이다.

-예?

-왜. 불만 있나?

어차피 올라갈 것이라 흥미로운 실험을 벌려보기로 했다.

철저히 서열에 따라 휴식하는 문화를 깨부수고, 다 같이 똑같이 쉬는 것으로 바꾸었다.

내가 떠나면 곧 원래대로 변하겠지만, 한동안이라도 문화를 뒤틀어보고 싶었다.

서열이라는 것아 어쩔 수 없음을 알면서도, 참으로 가증스러웠다.

잠시나마 갑질을 당해서 그런가.

-따르겠습니다..

"꾸르르르."

리치 핏 마물들이 순순히 내 명령에 따라 동일하게 휴식하며 식사했다.

그러자 삽시간에 리치 핏의 분위기가 바뀌었다.

다들 이 상황이 어색한 듯 뭔가 활발한 분위기가 펼쳐지진 않았다.

대신 전처럼 상하 관계가 뚜렷하게 느껴지진 않았다.

"꾸륵."

나는 편해지는 맘에 여유롭게 식사를 했다.

[1인자 등극을 축하합니다. 2층으로 신분상승하시겠습니까? 아니면 1층의 특혜를 누리며 안정적인 삶을 택하시겠습니까?]

처음으로 뫼비우스 초끈과 다른 색채의 문구가 보였다.

던전 자체에서 전달되는 문구 같았다.

역시 서열 본능도 그렇고, 뭔가 단순한 야생 생태계는 아닌 것 같다.

뭔가 더 조직적인 시스템이다.

"꾸르르."

리치 핏을 죽 둘러보았다.

2주 넘게 지겹도록 밤마다 서식한 공간.

당연히 정 따윈 들지 않았다.

가만히 있자 신분상승 제안 문구가 계속해서 눈 앞에 아른거렸다.

우즈는 이걸 평생 보고 외면한 건가.

1인자 자리가 좋긴 했나 보다.

하지만 나는 우즈따위와 다르다.

―신분 상승 선택.

내 의지를 읽고 문구가 자연스럽게 선택을 대행해 주었다.

그리 하자 눈 앞이 환해지기 시작했다.

1층 마물들에게 작별 인사를 할 여유는 없었다.

그럴 맘도 딱히 없었고.

[축하합니다. 2층으로 신분 상승합니다.]

잠시 의식이 끊겼다.

처음이다.

던전에서 눈을 감았다 떴는데 여전히 던전인 적은.

그래도 갇혔다는 느낌이 들거나 불쾌하진 않았다.

1층에서 2층으로 신분상승한 것이므로.

[2층에 오신 걸 환영합니다. 생존하세요.]

던전으로부터 마지막 문구가 날아왔다.

이곳을 가장 잘 드러내는 간결한 말이었다.

생존하라.

물론 뫼비우스 초끈 덕분에 내 사정은 다르다.

"쓰르르."

기대한 대로 완전히 새로운 육체를 얻게 됐다.

130층 존재들을 보았을 때 어느 정도 추측할 수 있었다.

층마다 신분은 물론 육체마저 달라질 거라고.

그렇다면 생태계 역시 달라진다는 셈이 된다.

"쓰르르."

1층 육신을 마물 지렁이에 비한다면, 새롭게 얻은 2층 육신은 마물 뱀에 가까웠다.

뇌와 소화기관, 눈 그리고 반투명하고 탄력 있는 몸을 갖추고 있었다.

─아, 그러니까 그 놈이 먼저 꼬인 거라니까.

─아서라. 네가 서열이 낮으면 먼저 매듭 풀어야지.

-더럽네, 진짜. 겨우 2순위 차이인데. 서열 좀 빨리 올리는 법 없나.

-그러게. 그냥 크길 기다려야지.

우연히 리치 핏 주변에서 눈을 떴나 했는데 그게 아니었다.

주변을 둘러보니 모든 마물들이 서로 대화를 주고받고 있었다.

"쓰르르."

짧게 주변을 살펴보니 정말이었다.

2층의 모든 마물들은 페로몬 대화 능력을 가지고 있었다.

-나도 희석된 폐기물 먹어보고 싶다!

-얼마나 편할까.

-도대체 희석 능력은 어떻게 얻는 걸까.

-포기해. 우리 같이 까마득히 낮은 서열은 꿈도 못 꿔.

2층 마물들은 저급한 수준답게 나누는 대화가 얼추 다비슷했다.

반복적이기도 했고.

하지만 일단 전부 대화가 가능하단 점이 뭔가 다른 분위기를 자아냈다.

1층과는 확연히 다른 생기가 돌았다.

말을 한다는 것 자체가 제한적이나마 지성체의 분위기를 풍겼다.

[남은 생존 시간: 2분 33초.]

"쓰르!"

남은 생존 시간을 보고 탄식이 나왔다.

우즈가 봤다면 땅을 치고 후회했을 조건이었다.

2층 육신은 단순히 1층 육신에 비해 단단하고 강한 게 아니었다.

식사 여유 시간도 3분으로, 3배나 되는 것이었다.

그것도 모르고 58초의 휴식을 위해 우즈는 평생 신분상승을 외면해 왔다.

[Lv.1 / 힘: 0.001]

예상대로 모든 스탯이 초기화됐다.

하지만 실험해보지 않아도 알 수 있었다.

독 더듬이를 가지고 있지 않은 이상, 2층의 아무나가 1층의 우월자를 간단히 삼켜 넘길 수 있다는 것.

"쓰르."

즉 스탯은 그 층에 비례하는 수치였다.

지금 상태로도 1층의 1만 레벨을 간단히 이길 수 있을 것이다.

그 정도로 현재 몸이 더 우월했다.

크기는 대략 8cm 정도.

당연히 앞으로 폭발적으로 성장할 것이다.

[2시간 동안 1L 식사를 성취하라. 보상: 추가 레벨 업.]

뫼비우스 초끈이 훈계를 하듯 지령을 내렸다.

생존 시간이 늘어났다고 나까지 늘어지지 말라고.

[남은 생존 시간: 1분 3초.]

기분이 묘하긴 하다.

밤에는 항상 굶어죽을 걱정으로 식사에만 매진했는데.

벌써 2분이 넘어가도록 식사를 하지 않았다.

하지만 온 몸이 멀쩡했다.

1층 몸으로 각성했을 때보다 기어 다니는 게 더 빠르고 편하다.

-잘 보고 다녀. 엉키면 물어버릴 테니까.

-미안.

게다가 어딜 가든 말을 할 수 있는 대상이 가득했다.

확실히 달라.

[학습률1000%를 선택합니다.]

"쓰르릅."

작은 몸으로 열심히 식사를 하기 시작했다.

전이라면 꿈도 못 꿨겠지만, 이 정도 덩치와 소화율이라면 2시간에 1L를 분해시킬 수 있을 거 같다.

-아, 대체 언제까지 이 더러운 걸 먹어야 해!

-시끄러. 우리 주제에 무슨 불평이야.

-희석 능력도 없잖아, 우리는.

-정말 먹기 싫다. 여유 시간이 3분 이상이면 좋겠다!

-아, 짜증나! 이 역겨운 걸 언제까지 먹어야 하나.

역시 2층 모두가 페로몬 대화가 가능하단 게 좋은 것만은 아니었다.

이런 단순한 생태계에서 결국 할 말이라곤 몇 가지로 정해져 있었다.

특히 거슬리는 것은 불평불만.

"쓰르르르."

-레벨 업! [Lv.45 / 힘: 0.045]

1층의 삶은 겪어보지도 않은 것들이 참으로 불만이 많았다.

1분마다 죽을 위기를 마주하고, 100위권까진 말을 할 능력조차 없는 삶.

얼마나 답답하고 고통스러운데.

-나도 리치 핏에 들어가고 싶다.

-나도 희석하고 싶다.

-너무 싫어. 나 곧 또 먹어야 돼.

-시끄러워. 누군 아니야?

그럼에도 2층 마물들은 항상 자신의 신세를 한탄하고 불평만 했다.

더 밑바닥을 못 겪어봐서 저렇지.

-레벨 업! [Lv.67 / 힘: 0.067]

그러건 말건 나는 꾸준히 식사에 매진했다.

신분상승을 겪어서 앞으로 어떤 유형으로 일을 진행해야

하는지 안다.

점점 더 노련해지며 신분상승 속도가 빨라질 것이다.

"쓰르르."

-레벨 업! [Lv.98 / 힘: 0.098]

약 1시간 정도 식사를 진행하자 귀찮게도 몇몇 마물이 슬쩍 내게 다가왔다.

-너, 왜 식사를 그렇게 열심히 해?

-뭐야. 설마 이 역겨운 게 맛있어?

-그럴 리 없잖아.

-잠깐. 그럼 희석 능력을 깨친 건가!

-나보다 덩치도 작고 서열도 낮은데?

1층 리치 핏에서도 비슷한 일이 있었다.

굳이 주어진 휴식 시간을 쓰지 않고 계속 식사를 하자, 윗서열이 뭐라고 한 적이 있었다.

왜 괜히 열심히 식사하냐면서.

그들은 보지 못한다.

꾸준한 노력과 연속된 몰입이 조용히 가져다주는 폭발적인 성장을.

당연히 난 내게 다가온 몇 마물들에게 그걸 설명해줄 맘이 없다.

[2층에 연속 식사 사회 현상을 퍼뜨려라. 보상: 희석 능력]

"쓰르르르!"

뫼비우스 초끈의 지령에 2층 마물의 방식으로 크게 웃었다.

정말 오묘함의 극치로구나.

굳이 3분을 쉴 수 있는 마물들에게 연속 식사의 문화를 퍼뜨리란다.

그러면 보상으로 실제 희석 능력을 지급하겠다고 했다.

"쓰르르."

희석 능력이 있으면 성장하는 과정에서 역한 고통이 생략된다.

-왜 웃는 거야?

-우리가 우스워? 잡아먹어 줄까?

-아니요. 정말 비밀인데, 희석 능력 터득 방법을 알려드릴게요.

-쓰르! 정말이냐? 정말이야?

2층 마물들이 내내 바라던 것이 바로 희석 능력이다.

3분마다 해야 하는 역겨운 식사를 편안하게 만들어줄 능력.

그것에 관해 거짓말을 해야 내가 그 능력을 얻을 수 있다.

-물론입니다.

나는 귀를 기울이는 마물들에게 단호하게 페로몬을 던졌다.

2층 마물들은 잔뜩 내 주둥이에 신경을 집중했다.

그냥 말했으면 낮은 서열이라고 무시했을 것이다.

하지만 먼저 내가 홀로 연속 식사를 행하다 하는 말이니 혹할 테였다.

-제가 왜 연속으로 이 더럽고 역겨운 걸 먹는 줄 아십니까?

-모르지! 왜 사서 그런 고생을 하는데?

-빨리 희석 방법이나 알려줘!

멍청한 마물들이 성급하게 물어왔다.

그래도 나는 흔들리지 않고 차분히 말했다.

-바로 연속 식사 덕분에 희석 능력을 얻은 겁니다.

-뭐라고!

-그게 정말이냐?

믿을 수 없다는 듯 마물들이 갈라진 혀를 스르르 내밀었다.

나는 단호하게 머리통을 끄덕였다.

-물론입니다. 믿기 싫으면 그냥 무시하셔도 돼요.

딱 거기까지만 말하고 몸체를 돌려 다시 식사에 열중했다.

오히려 그 모습이 더 그럴싸했나 보다.

마물들은 잠시 말이 없더니 자기들끼리 얘기를 했다.

물론 나는 그 페로몬들을 전부 슬쩍 엿들었다.

-이럴 수가.

-가장 바보 같은 짓을 해야 희석 능력을 얻을 수 있는 건가.

-거짓말은 아니겠지?

-저걸 봐. 누가 시키지도 않는데 저렇게 계속해서 폐기물을 퍼먹잖아!

-이봐! 언제까지 계속해서 이 개 같은 식사를 계속해야 되는 거야? 언제 희석 능력이 생겨?

마물들이 다시 물어보자 그제야 귀찮다는 듯이 말했다.

저들은 내가 사회 현상을 퍼뜨리려 한다는 걸 꿈에도 모를 것이다.

-저도 몰라요. 그냥 무조건 오래!

-이런 빌어먹을!

-이런 꼬인 뱀 몸통 같은!

내 말에 2층 마물들이 분개했다.

그러면서도 결코 희석 능력에 대한 집착을 버리지 못했다.

숨 쉬는 것보다 조금 덜한 반복 행위. 그것이 식사였다.

그 매순간의 고통과 불쾌함이 사라질 수 있다면 정말 인생이 달라지는 것이었다.

-그래서 리치 핏 놈들만 희석 능력이 있는 거였나.

-하긴. 그러니까 이 많은 마물들 중에 그렇게 적은 숫자만 그 능력을 얻지.

-오히려 말이 안 되니까 말이야! 그럴 싸 한데?

2층 마물들이 마침내 설득 당해 나처럼 연속 식사를 하기 시작했다.

"쓰릅!"

"쓰르릅!"

곧 2층 마물 셋의 불평불만이 사라졌다.

대신 그들이 가장 증오하던 행위를 열심히 이어나가기 시작했다.

정말 싫은 기색을 드러냈지만, 1초도 낭비하지 않고 계속 폐기물을 퍼먹었다.

-레벨 업! [Lv.112 / 힘: 0.112]

그 사이 나는 다시 식사에 열중했다.

얼떨 결에 사회 현상을 퍼뜨릴 가장 유용한 방법을 찾았다.

바로 자연스러움과 뻔뻔함이었다.

내가 먼저 행동하면 알아서 궁금증을 품은 2층 마물들이 다가올 것이다.

"쓰르르르."

-너희들 미쳤어? 뭐하는 거야.

-왜 폐기물을 그리 열심히 먹어.

-설마 맛있어서 그럴 리는 없을 테고.

"쓰르르!"

한동안 식사를 반복하자 내가 속인 2층 마물들에게 또 다른 마물들이 다가왔다.

그리곤 정말 이상하다며 그들의 연속 식사에 관해 캐물었다.

-어서 대답해라!

서열 차가 많이 났기에 마물 셋은 아쉬워하며 식사를 멈췄다.

그리곤 더 높은 서열의 2층 마물들에게 내가 퍼뜨린 정보를 실토했다.

"쓰르르!"

-뭐라! 정말이냐?

-이럴 수가! 오히려 계속 식사를 해야 그 능력을 얻는 거였다니!

따지고 보면 내가 완전한 거짓말을 한 건 아니었다.

희석 능력이 우월자들의 자연 각성 능력 중 하나라 친다면, 결국 식사를 많이 해서 그만큼 성장하는 게 분명 정통하는 길이긴 했다.

문제는 내가 며칠 만에 이룬 성장을 다른 일반 마물들은 수십, 수백 년 씩 거쳐야 한다는 것이다.

[카몬 - 2층 - 11억 7514만 4217위.]

아. 이 정도 서열이면 세포 재생 수명이 다하기 전에 소멸하겠구나.

사실상 불가능하겠구나.

새삼 평생 던전 2층에서 썩을 저 마물들이 불쌍해졌다.

-레벨 업! [Lv.145 / 힘: 0.145]

하지만 동정의 순간은 잠깐이었다.

나는 손수 연속 식사의 정석을 행동으로 옮겼고, 머지않아 또 다른 무리의 마물들이 다가와 말을 걸었다.

-너 뭐야. 머리를 다친 건가? 아니면 미각이 고장 났어?

하나 같이 의아해하고 신기해하는 반응이었다.

누구도 하기 싫어하는 일을 가장 열심히 하고 있었으니.

나는 스윽 갈라진 혀를 내밀며 전에 한 말을 반복했다.

-믿지 않으셔도 상관없습니다. 전 제가 직접 경험한 비밀을 물어보셔서 알려드리는 것뿐입니다.

또 다른 연속 식사자들이 생겨나겠구나.

약 5시간 정도가 지났다.

-레벨 업! [Lv.512 / 힘: 0.512]

나는 주어진 시간 내에 꽤 대단한 성장을 이뤄냈다.

2층 리치 핏을 노리기엔 아직 턱도 없었지만.

"쓰르르."

하지만 다른 면에서 가히 대단하다고 할 만한 성과를 이뤄냈다.

어느새 연속 식사자들을 수백 마리로 불린 것.

지금도 다른 곳에서 늘어나고 있을 것이 분명했다.

입소문의 무서운 점은 정확히 내가 지령을 이루는 데 유리하게 작용했다.

-너! 왜 계속해서 그렇게 퍼먹는 거야?

-아…… 사실은…….

굳이 내가 고생하며 일일이 다른 마물들에게 희석 능력의 비밀을 퍼뜨리지 않아도 됐다.

내가 속인 무리가 알아서 연속 식사를 하다가 다른 마물들에게 이야기를 퍼뜨렸다.

그러면 머지않아 불어난 숫자의 마물들이 또 곱절로 이야기를 퍼뜨렸다.

그렇게 해서 현재 내가 돌아다니며 본 연속 식사자들만 수백이 넘었다.

1시간 내로 1천 마리가 넘을 테지.

[남은 생존 시간: 2분 12초.]

"쓰르르."

한 가지 문제라면 문제인 점이 생겼다.

너무 주변 마물들이 식사를 열심히 해서 식사할 대상이 부족해졌다는 것.

그래서 난 자주 자리를 옮겨야 했다.

"쓰르르!"

[타겟 - 2층 - 1051만 2314위.]

"쓰릅!"

자리를 옮기다 나보다 훨씬 서열이 높은 존재를 만났다.

솔직히 서열 자체만 보면 그래도 하찮은 수준이었다.

지금의 나보다 높을 뿐이지.

그럼에도 압도적인 덩치 차이가 났다.

1층에선 우즈라고 해봐야 다른 마물들보다 2배가량 큰 정도였다.

그 땐 그게 그렇게 위협적이었지.

헌데 저 마물은 10cm인 나에 비해 거의 길이가 3배였다.

그만큼 덩치나 굵기에서도 상당한 차이가 났다.

-비켜.

"쓰락!"

재수 없게도 1051만 2314위는 동선이 겹친 내가 귀찮았는지 나를 꼬리로 후려쳤다.

나는 힘을 이겨내지 못해 강제로 구르기 시작했다.

평지인데도 말이다.

"쓰르르!"

멈추려 해보았으나 워낙 휘둘러 맞은 힘이 강했다.

[각성.]

각성을 해서 몸에 힘을 줘 봐도 소용없었다.

억 단위 몸체로 각성해봤자 거기서 거기였다.

촤르르르.

아차.

2층은 1층과 달리 아래로 통하는 구멍들이 많았다.

1층 입장에서 본다면 배설물이 쏟아지는 천장 구멍들이
었다.

엎친 데 덮친 격으로 나는 그곳으로 굴러가고 있었다.

"쓰릅!"

곧 있으면 구덩이에 빠질 위기였다.

나는 급히 떠올린 최후의 방법을 썼다.

❖

구덩이에 빠지기 직전 나와 덩치가 비슷한 마물을 발견
했다.

원래 2층에선 동족 포식을 가급적 자제하려 했다.

다들 말을 할 수 있었으니까.

"쓰릅!"

"쓰라악!"

하지만 살기 위해선 어쩔 수 없다.

나는 구르는 것을 멈추기 위해 강하게 마물 한 놈을 물었
다.

－무슨 짓이냐!

"쓰르."

그제야 구르는 것을 멈추고 구덩이로부터 멀어질 수 있
었다.

물린 마물도 약간 구덩이로 당겨질 정도로 굴러가던

강도가 셌다.

　–너 미친 거냐? 죽고 싶어서 날 물은 게지?

　–잘못하면 굴러 떨어질 뻔 했어.

구덩이로 쏟아지는 폐기물과 그 아래를 내려다봤다.

높이만 봐도 필시 즉사했을 것이다.

아니면 폐기물에 파묻혀 죽거나.

　–내 알 바 아니다. 떨어져 죽지 않았으니 내게 잡아먹혀
죽겠군.

내가 물은 2층 마물은 현재 각성한 나와 덩치가 비슷했다.

결코 쉬운 싸움은 아니겠구나.

"쓰르!"

놈이 주둥이를 벌리며 달려들었다.

나는 옆으로 기어가 역으로 놈을 물었다.

　–어딜!

이번엔 놈이 나를 자신의 몸으로 휘감았다.

끼기긱.

그리곤 있는 힘껏 나를 몸통으로 조이기 시작했다.

뱀이 먹잇감을 조이듯 나를 압박하는 것이었다.

"쓰락!"

나는 실제로 몸에 무리가 오는 걸 느꼈다.

소화 기관이 잔뜩 구겨지는 기분이었다.

-제길! 그만해라!

-아니! 너는 오늘 나한테 죽는다! 걱정 마. 네 시체는 구덩이에 버리지 않고 내가 먹어주마.

나를 조이고 있는 마물은 나를 풀어줄 생각이 없는 거 같았다.

큰 일 났네. 먼저 몸이 조여져 풀려날 방법이 없다.

2층의 전투법을 정말 고약하게 배우는 중이다.

"쓰릅!"

놈을 다시 물었으나 놈은 승기를 잡았다는 확신에 아랑곳하지 않았다.

-희석 능력 터득법을 알려주겠다!

-거짓말 마라! 네가 그리 대단한 놈이었으면 리치 핏에서 떵떵 거리며 살고 있었겠지!

이번엔 희석 능력을 통해 하는 거짓말이 통하지 않았다.

전처럼 자연스러움이나 뻔뻔함이 없었기에.

정말 숨이 막혀오는 게 느껴졌다.

"쓰라악!"

돌이킬 수 없을 정도로 피해를 입기 직전, 몸을 구덩이 쪽으로 굴렸다.

-무슨!

떨어질까 봐 걱정 됐는지 2층 마물이 순간적으로 나를 조이던 힘을 풀었다.

긴장하며 균형을 갖추려는 것이었다.

-1층 구경이나 실컷 해봐라!

나는 금세 몸을 빼내어 꼬리로 놈의 머리통을 후려쳤다.

잠깐 당황한 놈은 그대로 배설물 급류에 휩쓸려 구덩이 아래로 떨어졌다.

"쓰라아아악!"

공포에 질린 비명은 금세 배설물 폭포에 파묻혔다.

"쓰르르르르."

나는 안도의 한숨을 내쉬며 몸을 살폈다.

꽤 손상이 심한 거 같았다.

그래서 급히 식사를 해보았다.

-레벨 업! [Lv.542 / 힘: 0.542]

"쓰르흐흐."

기대한 대로다. 레벨 업을 하니 몸이 성장하는 것과 동시에 모든 피해가 회복됐다.

그 점을 뫼비우스 초끈이 재차 확인시켜 주었다.

[레벨 업 시 모든 상태가 최상의 컨디션으로 회복됩니다.]

그래서 항상 내가 기분이 좋고 몸 상태가 좋았구나.

매순간 레벨 업을 겪으니 마약 같은 기분과 심리 외에도, 실제로 몸 상태가 계속 최상의 컨디션에 머무는 것이다.

여러 모로 큰 일 날 뻔 했다.

덩치 차이가 많이 나는 마물에게 치여서 죽을 뻔하고, 구덩이에 떨어질 뻔 한 것도 모자라 웬 억대 서열의 마물에게 몸이 졸려 죽을 뻔 했다.

정말 던전다운 경험이었다.

"쓰르흐흐."

아슬아슬했지만 무사히 넘기고 나니 그저 흥미로운 스릴 정도로 기억됐다.

나는 개의치 않고 구덩이 주변의 폐기물을 식사하기 시작했다.

앞으론 더 큰 마물에게 섣불리 다가가지 말아야지.

단순히 서열 차 때문이 아니라 실제로도 위험하다.

곳곳에 1층으로 떨어지는 구멍들이 가득했으니.

아무리 하찮은 신세라도 여기서 죽으면 그대로 끝이다.

눈을 떠 낮을 맞이할 수 없을 가능성이 크다.

-레벨 업! [Lv.554 / 힘: 0.554]

쿠르르르르.

맘을 가라앉히고 성장에 집중하려는데 재차 땅이 울렸다.

설마 땅을 울릴 정도로 큰 마물도 있는 건가!

아니다.

뭔가 익숙한 떨림이다.

쐐액! 쾅! 쾅! 콰앙!

전에 들어보았던 충돌음이었다.

치이이익.

구덩이를 통해 1층을 내려다보니 전에 본 황금 캡슐이었다.

게다가 130 외에도 135란 숫자가 찍혀 있었다.

놀랍게도 135층에서 내려온 높디 높은 귀빈이었다.

정말 꼭대기가 어디인 거야?

"쓰르르르."

배설물에 쓸려내려가지 않게 조심하여 1층을 내려다봤다.

130층 마물들이 나오는 것과 동시에 135층 마물도 캡슐 내로부터 모습을 드러냈다.

"크롸! 1시간 주겠다. 당장 뫼비우스 초끈을 찾아내!"

"아, 알겠습니다."

"산 채로 구워 먹는 걸 잘 봤을 테지? 너희도 그렇게 되고 싶진 않을 거다. 속죄할 기회는 1시간밖에 없어."

"어서 찾아라!"

"어서!"

130층 마물들이 마력 랜턴을 들고 황급히 뛰어다니기 시작했다.

전과 마찬가지로 1층 마물들이 마구잡이로 밟혀죽기 시작했다.

[남은 생존 시간: 1분 51초.]

"쓰르."

일찍이 신분상승하여 올라오길 잘했다.

안 그랬으면 그대로 잡힐 뻔 했다.

분명 뫼비우스 초끈은 범상치 않은 물질이자 존재였다.

그 초월적인 권능 뿐 아니라 까마득히 높은 층에서 몸소 찾을 정도이니 말이다.

"크롸아아! 대체 어디 있는 거냐! 내가 왕이 돼야 하거늘!"

135층 마물은 온 몸에 털이 나고 키가 180cm에 달했다.

머리에 뿔이 3개 나 있었고 검은 빛이 도는 갑옷을 두르고 있었다.

게다가 거대한 박쥐 날개를 가지고 입에서 시시때때로 붉은 화염이 흘러나왔다.

그야말로 악마 같은 생김새였다.

[디록스 - 135층 - 2012위.]

장난 아니네.

그 높은 135층에서도 2000대 서열을 가진 존재다.

서열 본능을 가진 덕분에 서열을 볼 수 있었다.

같은 층에 존재하지 않는 게 다행이다.

일단 2층에 올 생각은 안 하겠지, 설마.

"쓰륵!"

갑자기 쑤시는 고통에 눈을 질끈 감았다 떴다.

처음 느끼는 심각한 두통이었다.

뭐지.

아직 식사 여유 시간이 꽤 남았는데.

[재 동기화 시도.]

[뫼비우스 초끈과 현재 동기화 상태입니다.]

뭔가 의아한 문구가 보였다.

"쓰릅!"

다음으로 1층을 내려 본 나는 깜짝 놀라고 말았다.

[전준국 – 국회 밝은미래당 – 2위.]

악마 같은 외형을 가진 135층 마물로부터 전혀 예상치 못한 서열이 보였다.

전에 봤던 서열 정보가 완전히 뒤바뀌어 있었다.

"크르?"

인기척이라도 느꼈는지 135층 마물이 위를 노려봤다.

나는 황급히 구멍으로부터 멀어지기 시작했다.

불안한 예감이 들었다.

분명 디룩스라는 135층 마물은 위를 노려다봤다.

마치 내 눈길을 인식이라도 한 듯.

[각성.]

그래서 난 최선을 다해 구덩이로부터 멀어졌다.

놈은 날개를 가지고 있었다.

혹시 모른다. 2층으로 날아오를 수도 있다.

대체 왜 국회의원의 서열이 보인 거지.

서열 본능이 고장 난 건가.

[135층 귀빈으로부터 도망치세요. 보상: 추가 레벨 업.]

불안한 예감을 확인시켜주듯 뫼비우스 초끈이 다시 도망치란 말을 했다.

촤아아!

아니나 다를까 뒤편에서 강한 바람에 배설물이 흩어지는 소리가 났다.

슬쩍 뒤돌아보니 디록스가 비행하여 2층으로 올라온 모습이었다.

다행히 나는 기는 속도가 빠른 편인 2층 육신으로 구덩이로부터 멀어진 상태였다.

당장 위험하진 않았다.

"크롸아! 설마 그새 2층으로 신분상승 한 게냐!"

디록스의 쩌렁쩌렁한 외침에 소름이 돋았다.

분명 날 겨냥하고 말하는 것 같았다.

"크롸아아!"

화르륵!

디록스가 온 사방에 불을 뿜어댔다.

"쓰라아악!"

"쓰레에엑!"

그 덕분에 배설물들이 증발하는 건 물론 주변을 기어 다니던 2층 마물들이 그대로 불타 죽었다.

-도망쳐! 1층에서 괴물이 올라왔다!

-입에서 뜨거운 불을 뿜는다!

"2층을 모두 불태워서라도 찾아내리라! 어디 있는 게 냐?"

다행히 디록스는 마력 랜턴을 들고 있지 않았다.

화르르륵!

그저 마구잡이로 주변에 화염을 뿌리며 애꿎은 마물들만 수백 마리씩 태워 죽였다.

[전준국 - 국회 밝은 미래당 - 2위.]

이상하다 싶어 멀찍이서 디록스를 바라보았다.

여전히 그에게서 전준국이란 국회의원의 서열이 보였다.

당최 이해가 가지 않았다.

"쓰륵!"

설마 나 같은 존재인 건가.

신분이 135층이나 되다니.

국회의원 못지않게 높구나.

"크륵?"

또 다시 놈이 내 기척을 느꼈다.

본질적으로 서로를 인식하는 건가.

"크흐흐흐. 정말 2층에 있는 건가!"

얼른 눈길을 거뒀으나, 전준국은 내가 있는 방향을 눈치 채고 쾅쾅 걸어오기 시작했다.

"쓰르르."

나는 얼른 마물들 사이로 섞여 들어 전준국으로부터 멀
어졌다.

다행히 연속 식사자들이 많은 곳이라 시선이 어수선했
다.

"하찮은 뱀 놈들!"

화르륵!

"쓰라아악!"

전준국이 한 차례 더 화염을 뿜었다. 나는 화끈해지는 꼬
리 쪽에 침을 꿀꺽 삼켰다.

잘못하면 따라잡혀서 불 타 죽겠는데.

그것도 그냥 135층 마물이 아니라, 대한민국 국회의원에
게 죽게 되다니.

너무나 기분이 더러웠다.

[낮이 됩니다.]

전준국에게 따라잡히기 직전, 드디어 격동의 밤이 끝났다.

나는 마침내 지그시 눈을 감을 수 있었다.

낮을 맞이하는 게 최적의 도망 수단이 될 줄이야.

2층 마물로 살다 눈을 떠서 그런지 전에 겪었던 극심한
배고픔이 느껴지지 않았다.

그래서 전과 다르게 폭식을 하지 않아도 됐다.

대신 마지막에 보았던 전준국의 뜨거운 불길이 생각났다.

멀찍이서 느꼈음에도 살짝 고통스러울 정도로 뜨거웠지.

[포털 검색 – 전준국.]

스마트폰을 꺼내 바로 전준국이란 이름을 검색해보았다.

평소 정치에 관심이 많지 않아 국회의원들의 전반적인 이름이나 배경을 잘 모른다.

"허!"

진짜로 전준국이란 국회의원이 존재했다.

코가 날카롭고 눈빛이 범상치 않은 것이 예사 인물이 아니었다.

묘하게 135층 마물의 모습과 인상이 겹쳤다.

2선 국회의원에 소속 당도 진짜 밝은미래당이었다.

"진짜인가."

나 외에도 밤에 던전에서 눈을 뜨는 사람이 존재할 가능성이 있다.

게다가 그는 적극적으로 뫼비우스 초끈을 찾고 있었다.

단순히 성장하여 신분상승하는 게 아니라, 그의 의도를 알아내야 한다.

그래야 내가 안전할 뿐 아니라 던전의 정체에 대해 알아낼 수 있다.

"후!"

일단은 2층에 진입하고 무사히 생존한 것을 축하하기로 했다.

[누적 갑질 포인트: 100포인트.]

"그렇지."

게다가 지난 밤 미러 퀘스트로 두둑한 갑질 포인트를 벌었다.

분명 오늘 그걸 사용할 일이 있다.

그 전엔 수업을 들으며 다시 공부를 할 생각이다.

아쉽게도 0포인트 특혜는 보지 못하겠네.

최여진의 얼굴이라도 한 번 보면 좋을 거 같다.

끼익.

문을 나서며 멀찍이서 먼저 걸어가는 박동준 형을 발견했다.

❖

형에게 인사하려다 말고 SNS를 켰다.

아니나 다를까, 동생 준수를 괴롭힌 놈들이 알아서 사진을 올리고 자신들의 위치를 태그했다.

"흠."

아무래도 수업 전에 0포인트 상태에 진입할 수 있겠다.

나는 걸어가는 방향을 바꾸었다.

[누적 갑질 포인트: 100포인트.]

동생을 괴롭힌 문제아들의 숫자는 셋이었다.

옆에서 거들 거나 방관한 아이들까지 합치면 더 많겠지만,

일단 주동자들만 벌하기로 했다.

"이거 주세요."

목적지로 가는 도중 검은 마스크와 검은 모자를 구했다.

놈들이 내가 준수 형이란 걸 알게 되면 역으로 준수가 보복을 당할 수 있다.

내 스스로의 신분을 가리는 것도 중요했고.

얼굴 가린 후에는 PC방에 들러 준수 학교의 홈페이지에 접속했다.

그리고선 전학 신청서를 내려 받아 내가 임의로 작성할 수 있는 부분들을 작성했다.

그 문제아 셋에게 진짜 자살하란 명령을 내릴 생각은 없다.

대신 매우 극단적인 수준의 인도적 조취를 취할 것이다.

"후우우."

놈들 얼굴 볼 생각을 하니 다시 열불이 올라왔다.

왠지 걸음걸이가 빨라졌다.

단순히 주먹으로 대응하는 게 아니라, 그들에게 갑질로 절대적인 명령을 내릴 수 있다.

그러니 더더욱 벌하고 싶은 맘이 강해졌다.

"낄낄, 진짜라니까, 새끼야! 홀라당 넘어왔어."

"미친 놈. 아주 발정 났구나?"

"능력이 쩌는 거지. 호구 새끼야! 야, 한 개비 줘봐."

"여기 가끔 순찰 돌던데."

"아오. 그냥 뺄질대다 도망치면 되지!"

PC방을 나선 뒤론 머지않아 놈들을 발견할 수 있었다.

고맙게도 사진을 올린 카페에서 멀지 않은 골목에 쭈그려 앉아 있었다.

담배를 태우며 땅바닥에 침을 찍찍 뱉어대고 있었다.

"낄낄, 근데 수업 아예 전부 다 쨀 거야?"

"몰라. 땡기면 담임 얼굴이나 보러 가지 뭐."

"준수 그 새끼한테 급전 땡길까, 또?"

준수의 이름이 들렸다.

그래서 더더욱 확신이 들었다. 여러 방면에서.

"음? 너 뭐야?"

다가오는 날 보고 문제아들이 스윽 일어섰다.

"가만히 있어. 입 다물어."

[갑질 9포인트 소비.]

꿀 먹은 벙어리가 된 문제아들을 더 깊숙한 골목으로 밀쳐 넣었다.

훈계는 지금부터 시작이다.

얼마 만에 사람을 때려보는 건지 모르겠다.

"윽!"

동상처럼 앉아있는 양아치 셋을 마구 걷어차고 주먹으로 내리쳤다.

놈들은 비명도 지르지 못하고 일방적으로 맞아야 했다.

그저 앉아서 맞는 거밖에 할 수 있는 게 없었다.

"익!"

그나마 입이 다물어진 채 짤막하게 신음을 흘리는 게 다였다.

눈만 미친 듯이 깜빡거리며.

"엑!"

아직 동생 대신 벌을 내리는 중은 아니다.

이건 순전히 내가 화나서 때리는 것이었다.

"후우우우."

숨이 차올라서 일단 멈췄다.

그리곤 하늘을 보고 잠시 숨을 가다듬었다.

양아치 셋을 천천히 살폈다.

온통 붉어진 것은 물론 피가 나는 놈도 있었다.

맞으면 관성 때문에 뒤로 밀리며 고통을 완화해야 하는데, 가만히 있으란 명령을 따라야 해서 맞는 곧이곧대로 충격을 전부 흡수했다.

"후우. 너희 셋."

던전 생활 덕분인지 내가 느끼기에도 나는 독한 사람이 돼 있었다.

일단 실험해볼 것이 있다.

"이제까지 저지른 잘못을 전부 진술서에 쓰고 경찰에 자수해. 그리고 전학 신청 해."

[갑질 포인트가 부족합니다.]

예상대로 너무 복잡한 종합 명령은 90대 포인트로도 강요하기 힘들었다.

"앞으로 착하게 살아."

[갑질 포인트가 부족합니다.]

그에 더해 추상적이거나 정신적인 명령도 비슷했다.

몇 가지를 더 질문한 후 나는 임시적인 결론을 내렸다.

당장 실행 가능한 행동 단위, 개별 단위 명령이 가장 경제적이라는 것.

나중에 포인트가 훨씬 많으면 상위 계열 명령도 가능은 할 것이다.

"가만히 있어."

[갑질 6포인트 소비.]

약 20분 정도가 지나자 만약을 대비해 다시 놈들을 굳게 만들었다.

"읍!"

양아치들의 표정은 시시각각 변해가고 있었다.

처음엔 당황함.

그 다음엔 맞은 것에 대한 분노.

이젠 20분 동안 아무 것도 할 수 없었다는 무기력감이 드러났다.

내가 스윽 가까이 다가가자 마침내 두려움이 얼굴에 떠올랐다.

"너부터. 학교생활하며 가장 잘못한 걸 말해 봐."

이번엔 정신계 명령이 아니라 단순히 심문하는 형식이었다.

"공부를 제대로 안 했습니다!"

이기적인 자식.

제일 잘못한 걸 말하라고 했는데 준수 얘기는 나오지도 않았다.

공부 못하는 건 잘못한 거고, 준수 괴롭힌 건 일상적인 건가.

"너도 말해 봐."

"옆 반 여자 애를 가지고 놀고 때렸습니다!"

"네가 말해 봐."

"챙겨주시는 담임선생님에게 역으로 협박을 했습니다!"

"하아, 그으래?"

셋 다 매우 불만족스러운 대답을 내놓았다.

이번 심문으로 9포인트를 소비했다.

준수를 괴롭힌 일이 가장 잘못이어야 하는 거 아닌가.

"하, 이런 개새끼들을 봤나."

내 욕지거리에 양아치들의 표정이 다시 공포로 물들었다.

유성 펜은 지우면 되고 멍 든 자국도 나으면 된다.

하지만 불로 지진 자국은 평생 갈 것이다.

게다가 맘의 상처는 지워지지도 않을 테다.

투둑.

나는 구석에서 벽돌을 집어 들었다.

"각자 오른손잡이면 왼손을 내리찍어. 반대면 오른손을 내리찍어."

평정심을 유지하려 했으나 두 손이 바들바들 떨렸다.

도저히 양아치들을 용서할 수 없었다.

그래서 그들에게도 평생 남을 선물을 주기로 했다.

그래도 봐줘서, 원래 사용하는 손의 반대편에 훈장을 새겨주기로 했다.

콰직! 콱!

"익! 익!"

양아치들은 미친 듯이 발악했으나 끝내 내가 건네주는 벽돌로 자신의 손을 내리찍었다.

[갑질 9포인트 소비.]

그리곤 눈을 부릅뜨며 온 몸을 파르르 떨었다.

"다시 반복한다. 있는 힘껏."

콰직!

[갑질 9포인트 소비.]

육안으로 봐도 알 수 있었다.

다시는 벽돌로 찍은 손을 제대로 쓸 수 없을 거라는 거.

"후."

기괴하게 꺾인 손가락들을 보자 그제야 덜컥 실감이 났다.

내가 갑질로 이런 일을 벌이다니.

순간 후회가 될 뻔 했지만, 준수의 등을 떠올리자 다시금 맘이 차가워졌다.

단순한 처벌이 아니다.

이 정도면 준수가 길게 당한 고통을 싸게 되갚아주는 것이다.

"일어서서 주머니에 손 넣어."

[갑질 3포인트 소비.]

"너부터, 집으로 간다."

나는 양아치들이 고통스러워하건 말건 스스로 다친 손을 숨기게 했다.

그리곤 각 양아치의 집에 방문했다.

사람들이 겉으로 보면 그저 고등학생 셋이 나를 따르는 것처럼 보일 테였다.

"등본이랑 내가 읊는 서류들 전부 들고 나와."

나는 하나씩 양아치들에게 필요 서류를 구하도록 시켰다.

셋 다 그리 처리한 후 그들의 손으로 서류를 사인하게 했다.

불량한 행태에 대한 진술서와 전학 신청서였다.

"하. 가지가지 했네."

진술서를 보니 가관도 아니었다.

준수는 그저 최근에 새로 구한 희생양일 뿐이었다.

그 외에도 참 많은 피해자들이 있었다.

더더욱 손을 다치게 한 게 후회되지 않는다.

"학교에 내고 와. 누가 잡아도 내고 바로 돌아 와."

[갑질 9포인트 소비.]

이제 포인트가 눈에 띄게 줄어 있었다.

그래도 아직 여유로운 편이야.

"흑."

양아치들이 마침내 눈물을 보이기 시작했다.

그 거칠고 더럽던 성격이 마침내 깨진 것이다.

이제 그들은 그저 혼란에 빠진 10대일뿐이었다.

허나 나는 멈출 생각이 없다.

"경찰서에 진술서 내고 와."

양아치들은 제 손으로 경찰서에 진술서를 내고 왔다.

손수 지장을 찍고 연락처와 학교 정보까지 적었기에, 나중에 가서도 어찌하지 못할 것이다.

"후우. 이제야 좀 정리가 됐네. 그렇지?"

내 말에 양아치들이 눈을 질끈 감았다 떴다.

눈물을 주륵주륵 흘리는 모습이었다.

전혀 동정이 가지 않았다.

"이제 집에 가서 2일 동안 나오지 마."

집에 가둬놓으면 그 안에서의 행동은 자유로울 테다.

수돗물을 마시건 화장실을 가건 라면을 끓여먹던 알아서 하겠지.

[누적 갑질 포인트: 0포인트.]

"하아!"

멀어지는 양아치들의 뒷모습을 보며 한숨을 내쉬었다.

걱정한 대로 전혀 후련하거나 유쾌하진 않았다.

동족 포식을 했을 때처럼 기분은 더러운 편이었다.

마찬가지로, 후회는 되지 않았다.

"음."

재수학원 수업 하나를 그대로 날려먹었네.

시끄러운 속을 가라앉히기 위해 공부나 해야겠다.

[누적 갑질 포인트: 0포인트.]

양아치들을 훈계하는데 100포인트 모두를 소모했다.

나는 터덜터덜 재수학원을 향해 걸어가기 시작했다.

"낄낄. 감상 잘했어! 조용히 하고 내 차에 타."

헌데 순간 누군가가 내 뒤에서 갑작스런 명령을 속삭였다.

나는 그대로 눈만 껌뻑이며 검은 승용차의 조수석에 탔다.

곧장 알 수 있었다.

누가 내게 갑질을 시작했음을.

검은 승용차는 매우 비싸다고 알려진 호화 외제차였다.

내게 명령을 내린 사람도 비싼 양복을 입고 머리를 올백으로 넘긴 남자였다.

창백한 피부와 서구적인 얼굴을 가진 20대 중후반이었다.

"이제 말해도 돼. 제법 흥미롭더군. 차에 계속 앉아 있어."

"누구세요."

나는 고개를 돌려 남자를 바라보았다.

섣불리 공격하거나 난동을 피진 않았다.

나 외에도 갑질이 가능한 사람이 있다는 것.

나보다 특정 범위 내 서열이 높다는 것.

모두 간단히 유추할 수 있었다.

"너 같은 사람이지. 단지 말야, 너보다 훨씬 갑질 능력에 자격을 갖춘 사람이야!"

뫼비우스 초끈이 여러 개 있는 걸까.

아니면 굳이 그게 아니더라도 갑질 능력을 사용할 수 있는 걸까.

"저를 어디로 데려가는 겁니까."

"그건 아직 알 거 없고. 눈을 감고 말해라."

놈의 명령에 눈이 스르륵 감겼다.

그래도 대화는 여전히 가능했다.

"나 같으면 말야, 간단히 독을 삼키거나 목을 그으라고 했을 거 같은데! 보니까 온갖 고생을 해서 귀찮게 처벌을 내리더군? 개인적 원한이 있는 건가?"

"그렇습니다."

"뭐, 나쁘지 않았어. 보아하니 포인트가 적어서 편법을 쓴 거 같은데."

남자는 오히려 내 행동을 잘했다고 말했다.

전혀 윤리적인 문제는 없다는 태도였다.

나 같은 갑질 능력자라 그런가.

"근데 네 서열이 낮은 건 그렇다 쳐도, 너무 맘에 안 들었어. 이 대단한 능력을 말이야! 겨우 그렇게 쓰다니. 낄낄낄! 겨우 전학? 푸하!"

남자가 사악하게 웃었다.

단순히 내가 같은 능력자라 데리고 가는 건 아닌 거 같았다.

나는 맘의 준비를 했다.

체념이 아니라 탈출을 위해 무슨 짓이라도 할 준비를 말이다.

"저를 어디로 데려가시는 겁니까."

"알려줄 거면 눈 감으라고 했겠어? 질문은 나만 한다. 일단 도착할 때까지 기다려. 그냥 넌 내가 제법 흥미롭게 감상했다는 것만 알고 있어."

그러고 보니 뫼비우스 초끈에게 100만원을 지급 받을 때, 누군가 지켜보고 있었던 거 같다.

이놈이 그 놈인가.

너무 일방적으로 기습을 당했고, 나는 저 놈에 대한 정보가 없다.

말 그대로 기다려볼 수밖에.

당장엔 생명에 위협이 없을 것 같다.

맘먹었으면 진즉 나는 죽었겠지.

"아, 근데 말야. 자살과 목을 그으라는 명령의 차이가 뭔지 아나?"

"정신계 명령과 단순 행동의 차이이지요."

"그래! 크흐흐흐. 그래서 난 자살이라는 명령이 좋아. 결국 목을 그으라는 건 그 사람 손을 빌려서 네가 죽이는 거거든! 근데 자살이라는 명령은 순간적으로 정말 설득시키는 거야. 얼마나 멋져? 히힉!"

놈의 말에 온 몸에 소름이 돋아 올랐다.

나는 정말 화난 상태에서 잠깐 그리 생각한 거였다.

실제로 실천할 생각은 전혀 없었다.

근데 남자의 말은 이미 그래봤다는 듯 자랑하는 어투였다.

"설마."

"그래! 게다가 한두 번이 아냐. 너와 달리 나는 서열이 높아서 포인트가 많거든. 다 수준대로 노는 거지. 안 그래?"

"예."

가만히 앉아서 도착하길 기다렸다.

보안 구간을 통과하는 소리가 들린 뒤 차가 멈춰 섰다.

"이제 눈 뜨고 나 따라와. 이동 중엔 입 다물고."

남자를 따라 차에서 내렸다.

웬 초호화 고급 저택이었다. 주변 풍경을 보니 한적한 교외 지역이었다.

남자는 흥얼거리며 나를 저택 안으로 이끌었다.

그리곤 글라스 잔에 얼음과 양주를 부어 건넸다.

"시원하게 마셔. 밑바닥 보이도록."

"스읍."

술을 잘 못하지만 갑질 때문에 억지로 마실 수밖에 없었다.

남자는 갑질을 하는 데 아주 능숙하고 익숙했다.

"자, 이제 다시 말을 해도 된다! 내가 널 왜 데려왔는지 아나?"

"모릅니다."

"헌터들에 대해 잘 알지?"

"네."

일단은 순순히 대화에 응하기로 했다.

여차하면 놈은 손도 안 대고 날 죽일 수 있다.

끔찍하게도, 방법은 천차만별로.

이 큰 저택에는 우리 둘밖에 없었다.

"그 놈들은 짐승 같은 놈들이야. 무식하게 힘만 세서는 말이지. 하지만 우리 같이 좀 더 고결하고 우아한 각성자들도 있단다. 사회 서열에 따라 갑질을 할 수 있는!"

"저만 있는 게 아니었군요."

"낄낄낄! 당연하지, 멍청한 놈아! 잘 들으라고. 겉으로 보면 저 무식한 헌터들이 휘어잡는 사회 같지만, 안에서는 더 고결한 사회가 돌아가고 있어요! 응?"

"예."

급히 마신 양주 때문에 속이 쓰리다.

원래 술을 안 하는데.

이건 도대체 도수가 얼마야.

"너를 내가 사수로 전담하게 되었는데 말야…… 아직 내가 부리기엔 너무 하찮고 약해. 돈도 쥐뿔 없는 재수생에 갑질 능력도 약하고 말이지. 뭘 어따 쓰겠어."

"그럼 절 보내주십시오."

"아아. 그건 안 돼. 네 사수에 대해 그래도 좀 알아야 하지 않겠어?"

"사수라뇨. 뭐가 뭔지 모르겠습니다."

"잘 생각해봐. 우린 서열에 살고 서열에 죽는 반신반인 같은 사람들이야. 우리끼리도 체계를 갖춰야 하지 않겠어? 히히힉."

마약에 쩔은 듯 남자가 기괴하게 웃었다.

갑질 능력자들끼리 비밀 결사라도 형성하고 있는 건가.

그렇다면 사수 소리를 해대는 게 조금은 이해가 간다.

조직을 결성해서 더 치밀하게 갑질을 하자는 거겠지. 단체로서.

적어도 당장 죽을 걱정은 없겠다.

대신 곳곳에 도사리고 있을 능력자들에 짐짓 섬뜩한 기분이 들었다.

"뭐! 나머지는 차차 설명해주지. 일단 오늘은 내 작품을 감상하고 돌아가게 해주는 걸로. 아까 정말 실망했어. 손 찍을 때만 해도 네가 취향이 느린 거라 생각했지, 물렁한 거라곤 생각 안 했거든."

"죽이기라도 해야했다는 겁니까?"

내 말에 남자가 뱀처럼 눈을 부릅떴다.

그리고 찢어져라 웃었다.

"당연하지! 그런 쓰레기 청소가 우리 목적 중 하나인데! 그 과정에서 조금 즐기는 것뿐이야. 청소하는 과정에선 취향을 존중한다고. 잘 봐."

삑.

남자가 리모콘을 누르자 벽 한 면에 대형 스크린이 내려왔다.

프로젝터는 영상 하나를 드러냈다.

맘의 준비를 했음에도 토악질이 올라왔다.

술 때문만이 결코 아니었다.

"토 삼켜. 여기다 토하지 마."

그 말에 눈이 벌겋게 달아오르면서도 끝내 토를 하지 못했다.

영상은 한 중년 남성을 비추고 있었다.

남성은 알몸으로 고층 빌딩에 올라서더니 온갖 해괴한 행위를 벌이고 목을 매달아 자살했다.

미친 사람처럼 보일 테지만, 실제로 누가 그리 만들었는지 나는 곧장 알 수 있었다.

"어때! 이 정도는 돼야 작품인 거야. 흐히힉. 우리가 하는 일을 방해한 중소 기업 사장이야. 사회적 물의를 방지한다고 뉴스에 내보지내지도 않더군! 에잉, 아쉬워."

남자는 품에서 가루병을 꺼내더니 그걸 스읍 빨아들였다.

실제로 마약을 하는 사람이었다.

"몇 개 더 있는데, 잘 보라고."

나는 미쳐버릴 거 같아서 눈을 감고 고개를 돌렸다.

"눈 떠. 화면에 집중. 대신 토하게는 해줄게."

남자는 얼음을 바닥에 버리고 그 통을 내게 건넸다.

"웨아아아악!"

난 억지로 몇 개의 영상을 더 봐야했다.

내가 양아치들에게 한 짓은 아무 것도 아닐 정도로 악마적이었다.

남자는 내내 그 행적들을 자랑했다.

나는 계속 토악질을 했다. 나중엔 나올 게 없어도 웩웩거렸다.

"봐! 이러니 내가 얼마나 네게 실망했겠어? 겨우 전학? 차, 하나! 앞으로 분발하라고. 시시해서 찍을 맘도 안 들었다. 자,

나를 봐."

그의 말에 그의 얼굴을 똑바로 바라봤다.

약에 취하고, 가학하는 쾌락에 취한 악마의 얼굴이었다.

"넌 이제 이 모든 일 중에서 내 얼굴만 잊는다. 지금. 그리고 눈을 감아."

남자의 말에 눈물을 흘리며 눈을 감았다.

삐–소리가 들리며 머리가 지끈지끈 아파오는 게 느껴졌다.

정말 끔찍한 고문을 당하는 것만 같다.

정신이 어그러지고 짓눌리는 기분이다.

쨍그랑!

"뭐야! 씨발!"

남자가 벌떡 일어서는 게 느껴졌다.

그리곤 온사방에 맵고 독한 연기가 뒤덮이는 게 느껴졌다.

"콜록, 콜록!"

나는 기침을 하며 뒤로 몸을 넘겼다.

"저 새끼 잡아!"

"히히힉! 다들 가만히 있어!"

남자가 달아나는 소리가 들렸다. 가만히 있으란 명령을 뿌리고 도망친 듯 했다.

약 5분간의 정적이 흐른 뒤, 누군가가 내게 다가오는 게 느껴졌다.

연기가 서서히 사그라져 갔다.

다가온 누군가가 내 어깨에 살며시 손을 얹었다.

눈을 감고 있어 흠칫하긴 했지만, 적의는 없음을 알아차렸다.

"괜찮습니까?"

"네. 근데 아직 눈이 안 떠집니다."

"곧 세뇌가 풀릴 겁니다."

갑질을 세뇌라고 표현한 거 같았다.

나의 사수라고 스스로를 칭한 남자는 어느새 도망친 거 같았다.

이 자들은 누구일까.

얼른 눈을 떠 궁금증을 풀고 싶다.

"많이 놀라셨을 겁니다. 사실 얼마 전부터 지켜보고 있었습니다. 이번엔 위험하다고 판단해 구하러 온 겁니다."

"저를 여기로 강제로 데려온 자를 아시나요?"

"예. 미국 출신 찰스 리〈Charlse Lee〉입니다. 당해보셔서 아시겠지만 세뇌 능력을 가지고 있습니다."

내 사수를 자칭한 자가 찰스 리구나.

찰스가 말한 대로 놈의 얼굴이 조금도 생각나지 않았다.

단지 그가 한 말과 보여준 영상들만 선명히 기억났다.

"그런데 저를 지켜보고 있었다고요? 왜죠?"

구해준 건 고맙지만 창문을 깨고 쳐들어온 자들도 수상하긴 마찬가지였다.

마침 눈이 스르르 떠졌다.

갑질 효과가 다 떨어진 것이다.

보아하니 헌터로 보이는 자들 다섯이 장비를 두르고 저택을 점거한 상태였다.

나와 내게 말을 거는 헌터 주변에는 푸른 장막이 쳐져 있었다.

"일단은 안전한 상태입니다. 안심하십시오. 저희는 가디언즈라는 특수 길드 소속의 헌터들입니다."

"가디언즈요?"

"예. 찰스 리 같은 세뇌 능력자들을 견제하기 위해 결성된 각성자 조직입니다. 저흰 김준후 씨가 마찬가지로 세뇌 능력자라는 걸 압니다."

찰스가 말한 바에 의하면 헌터와 갑질 능력자는 상성 같은 관계였다.

어느 하나가 압도적으로 유리하진 않지만, 서로 섞일 수 없는 물과 기름 같은 조합.

일면으론 늑대인간과 뱀파이어의 대립이 생각났다.

"그런데요?"

어차피 들킨 마당에 차분하게 대응하기로 했다.

던전에서 국회의원을 본 것도 그렇고, 나만 특별하단 생각은 이제 버려야겠다.

대신 내겐 뫼비우스 초끈이란 차별화된 요소가 있다.

앞으로 성장하며 더더욱 그 차별성이 두각을 드러낼 테지.

헌데 내가 갑질 능력자라는 걸 알았다면, 나도 헌터들에게 달가운 존재는 아닐 텐데.

"일단은 견제 대상으로 관찰했습니다. 말씀드렸다시피 저희 가디언즈는 하나라도 세뇌 능력자를 포착해 관리하는 걸 목적으로 합니다. 하지만 김준후 씨는 조금 다르다는 걸 깨달았습니다."

뫼비우스 초끈을 말하는 걸까.

"불량한 학생 몇을 벌하게 된 배경은 잘 알고 있습니다. 그래도 그들의 손을 다치게 할 때만 해도, 전형적인 세뇌 능력자라고 생각했습니다."

"그런데 전학 처리로 마무리하는 걸 보고 가능성을 발견했지. 숨을 참으라고만 해도 죽이긴 쉬웠을 텐데. 흔적도 안 남고."

저택을 쭉 순찰하고 온 덩치 큰 남성이 대화에 끼어들었다.

굵고 높은 콧대가 장군의 기풍을 드러냈다.

헌터들 중 대장 역할을 하는 자인 듯 했다.

"나는 구마준이라네. 여러모로 느꼈겠지만, 틈새에 들어가 이종 마물들과 싸우는 우리들과 달리 세뇌 능력자들은 사람에게 능력을 쓰네. 아주 많은 참사들이 조용히 벌어지고 있지."

"그래서 더더욱 저희 헌터들이 관리를 해야 하는 겁니다."

"하지만 원채 간악하고 지능이 높은 놈들이라 행적을 따라잡기가 쉽지 않아. 아, 물론 자네에게 하는 말은 아니네."

저들의 얘기를 듣자 묘한 기분이 들었다.

마치 나는 세뇌 능력자이지만 다른 세뇌 능력자와 다르다는 듯한 어투였다.

단순히 뫼비우스 초끈 얘기가 아니었다.

"내부에 의견이 많았는데 말이지, 결국 합의가 됐어. 자네를 잠복 요원으로 영입해 보기로 말야. 물론 강압은 없네."

"잠복 요원이요?"

"그래. 세뇌 능력자들의 조직에 정회원으로 들어가서 활동하는 거지. 그러면서 스파이 역할을 해주면 된다."

"너무 위험합니다."

곧바로 거절하고픈 맘이 들었다.

사실 내 갑질 능력에 적응하는 데만 해도 정신이 없다.

그런데 악마 같은 자들의 소굴에 들어가, 평소 인연도 없던 헌터들의 스파이 노릇을 하라니.

너무 목 내놓고 고생만 하는 짓 같았다.

"자네에겐 가능성이 많아. 단순히 인성 뿐 아니라, 실제 능력으로도 말이네."

"무슨 말씀이신지."

"이공간에서 돈을 지급받는 걸 봤어. 시스템 능력자이기도 하단 뜻이지."

"아. 그 때 지켜보고 있던 게?"

100만원을 지급받을 때 나를 지켜보고 있던 것은 가디언즈 헌터였구나.

"그래. 우리 쪽 헌터였네. 불쾌했다면 미안하네. 하지만 지금쯤 깨달았을 거라 생각하네. 어차피 자네는 우리와 세뇌 능력자들에게 노출됐다는 것. 시간 문제였네."

"범상치 않은 조직들이니 정보력도 보통이 아니겠죠."

"그래. 각자 다양한 방법으로 정보와 첩보를 입수하지. 자네를 보고 기존의 상식이 깨졌어."

무슨 말일까.

시스템 능력자라는 게 퀘스트 보상 요소를 얘기하는 건 알겠다.

그런데 왜 내가 상식을 깼다는 거지.

"원래 세뇌 능력자는 절대 다른 능력을 각성하지 못해. 몇을 붙잡아서 피를 검사해봤는데, 우리 각성자들과 아예 구성이 다른 자들이었어."

"음."

"그런데 자네는 달랐네. 세뇌 능력을 쓰면서도 미묘하게 다른 면들도 보였지."

"예를 들면요?"

"기존 D반이던 학생이 하루만에 B반으로 월반한 것.

원래 머리가 그리 좋은 건 아니라는 거 아네. 아주 소소하지만 결코 간과할 수 없는 점이지."

"아주 자세히 지켜보셨군요."

이미 찰스 리가 접근한 순간부터 맘의 준비는 했다.

그래서 갑자기 드러난 나에 대한 지대한 관심이 두렵지는 않다.

부담스럽고 불편하긴 하다.

"우리 가디언즈에선 인공적으로 사람을 각성시키는 법을 연구 중이네. 자네가 도와준다면 그 연구 성과를 자네에게 제공하지."

"인공 각성이요?"

전에 생각해본 적이 있다.

갑질 능력으로 헌터 사회에 들어갈 수 있을까.

그 자체로는 불가능했다.

하지만 인공 각성이라면, 일단 소수점 수준에서 시작하더라도 0포인트로 폭발적인 성장을 할 수 있다.

그러면 난 갑질 능력을 갖춘 초인이 되겠지.

"어떤가."

내 표정을 보고 가디언즈 헌터들이 확신하는 눈빛을 품었다.

나는 맘을 가라앉히기로 했다.

"일단 생각해보겠습니다. 흥미로운 제안인 거 같긴 합니다."

"그래. 성급하게 결정하는 것보단 신중한 게 좋지."

"김준후 씨. 어차피 좋은 의미로든, 나쁜 의미로든 평범하게 살긴 글렀습니다. 그러니 사회 질서를 지키는 쪽에 서주십시오. 저희와 함께 하더라도 세뇌 능력자들이 자랑하는 부와 명예는 얼마든지 누릴 수 있습니다."

"원할 경우 외적으론 일상을 유지하게 해줄 수도 있고."

"예. 한 번 생각해보죠. 일단은 돌아가도 될까요?"

"그렇게 하게."

"저희가 불편하지 않게 섀도우 보디가드를 붙여드리겠습니다. 또 저쪽에서 접촉할지도 모르니까요."

"⋯⋯네."

어차피 거절해도 티도 안 나게 따라붙을 것이다.

한 편으로 생각해보면 가족 때문에라도 나쁘지 않겠네.

문득 궁금한 점이 생겼다.

"그런데 찰스 리보다 서열이 높으신가요? 아까 가만히 있으란 명령에 잠시나마 따르신 거 같던데. 찰스 리 정도면 도망가지 않고 여러분을 다치게 할 수 있지 않았나요?"

"음. 눈치 채셨겠지만 저희가 아래 서열이긴 합니다. 하지만 일반 사람과 달리 헌터는 세뇌에 내성이 좀 더 있습니다. 효과가 무작위로 풀리죠. 게다가 갑질 능력을 당한 중에도 다양한 방법으로 반격할 수 있습니다."

"누구 하나가 숨어 있다가 급습해서 목을 칠 수도 있고 말이지."

"그래서 도망친 거군요."

내 말을 듣고 구마준이 눈빛을 번쩍였다.

"그래. 세뇌 능력에, 각성자가 된다면 자네의 사회적 신분이 무섭게 올라갈 수 있네! 그걸 기억하게. 우리가 연구한 바로, 사회 서열의 기준은 여러 가지가 있네. 사회적 지위 뿐 아니라 자체 생존 능력도 포함되지."

과연.

초인이 된다면 사회 서열이 아주 많이 올라갈 것이다.

그럼 어느 정도는 갑질 능력자들로부터 자유로워질 것이다.

역으로…… 헌터들에게 갑질을 할 수도 있게 되고.

"좋은 정보 감사합니다. 일단 혼란스러우니 전 가보겠습니다."

"태워주겠네."

"네."

"아, 이거 받으세요. 찰스 리가 운영하는 사교 클럽입니다.

세뇌 능력자들과 연결되는 조직 중 하나에요."

헌터가 건넨 명함에는 올림푸스라는 이름이 적혀 있었다.

기다렸다는 듯이 뫼비우스 초끈이 지령을 내렸다.

[올림푸스에 입성하여 찰스 리의 사무실을 조사하라. 보상: 150만원.]

❖

가디언즈 헌터들이 원래 우리 동네로 데려다주었다.

한 차례 던전 못지않은 경험을 겪고 나니 확 피곤이 몰려왔다.

"필요하면 연락하게."

구마준이 자신의 명함을 건네주었다.

나는 혹시 몰라 명함을 지갑에 꼭 숨겨두었다.

"이거 주세요."

"7600원입니다."

편의점으로 향해 돈을 뽑고 컵라면과 마실 것 등을 샀다.

ATM으로 계좌를 보니 준수는 채 5만원도 사용하지 않은 상태였다.

신나게 놀아도 되는데 형 돈이라고 검소하게 썼나 보네.

-준수야, 형이다. 내일부터 학교 나가도 될 거야. 가보면 알 거다. 형 믿고 안심하고 나가.

준수에게 문자를 보냈다.

이젠 학교에 맘 놓고 다닐 수 있을 것이다.

"후우우, 흡!"

컵라면을 먹으며 맘을 가라앉혔다.

그래도 따뜻한 뭔가가 배에 들어차니 몸이 진정됐다.

아까 토악질을 너무 해서 목 근육이 아플 정도다.

찰스 리.

악마 같은 놈.

나도 갑질에 익숙해지려는 중이긴 했다.

하지만 앞으로 내가 넘어선 안 되는 마지노선이 어떤 정도인지, 찰스 리가 아주 잘 보여주었다.

자신이 신이라 착각하는 악마.

"후우. 스읍."

먹으며 찬찬히 생각을 정리했다.

세뇌 능력자와 가디언즈라는 헌터들의 대립.

그리고 내가 그들 사이에 껴 있다. 상식을 벗어나는 존재로써.

아마 뫼비우스 초끈 덕분일 것이다.

"흠."

박동준 형을 수업에 집중하게 할 때부터 이미 중요한 사람이 되어가는 기분이었다.

하지만 이 정도일 줄은 몰랐다.

찰스 리만 해도 누구도 반박 못할 상류사회의 일원이었다. 부자였으니까.

게다가 헌터들도 마찬가지였다.

그 두 세력 모두 내게 관심을 가지고 있었다.

"으."

도저히 찰스 리의 얼굴이 기억나지 않았다.

단발성 명령이 아니라 영구적이라 그런가 보다.

적어도 그의 잘난 척 하는 목소리나 양복, 체형 등은 기억이 난다.

얼굴만 기억이 안 나니 귀신을 본 기분이다.

"어라? 준후야! 너 이 자식, 왜 오늘 수업 빼먹었어?"

재수학원에서 수업을 마치고 나왔는지 박동준 형이 멀찍이서 인사를 했다.

형은 얼른 다가와서 내가 앉아 있는 편의점 밖 의자들에 합류했다.

"어, 형! 죄송해요. 미처 연락을 못 드렸네."

"아유, 뭐 형한테 죄송할 것까지야. 무슨 일 있는겨?"

"아뇨."

"그럼 다행이고!"

"형. 음료수 한 잔 사세요. 제가 낼게요."

"그래. 좋지."

내 심각한 표정을 보고 박동준 형이 재차 물었다.

"진짜 무슨 일 있는 거야?"

"오늘은 그냥 동생 일 좀 돕느라 못 나갔어요. 형, 저 B반으로 월반했어요."

어차피 언젠간 말해야 했다.

"프흡! 뭐?"

박동준 형이 음료수를 순간적으로 뿜으며 토끼 눈을 떴다.

믿기지 않는다는 듯 입에 흐르는 음료수를 닦을 생각도 못했다.

"대체 무슨 말이야? D반에서 갑자기 B반으로 가다니?"

"사실 시험을 준비했었거든요. 미리 말씀 못 드려서 죄송해요. 어떻게 될지 몰라서. 사실 지난 번 수준 테스트 때 수능 잘못 본 충격으로 좀 컨디션이 안 좋았어요."

원장님의 말을 그대로 빌려왔다.

"아아……. 원래 B반 수준이었다 이거구만. 요새 열심히 하더니."

순간적으로 박동준 형의 얼굴에 드글드글하게 열등감이 떠오르는 게 보였다.

이해는 됐지만 그 표정을 보는 게 너무 힘들고 불편했다.

"그래. 그러니 형에게 그렇게 조언도 해주고 그러지! 하하!"

억지로 웃는 박동준 형에게 무슨 말을 해줘야할지 몰랐다.

평소라면 능청이라도 피웠을 텐데, 지금은 너무 지쳐서 그럴 힘도 없다.

"그래…… 앞으로 종종 연락하자. 그래도 같은 학원이니! 형 공부도 좀 가르쳐 주고. 응?"

"네, 물론이죠. 주말에 산다던 치킨도 살게요."

"그래! 그 때 약속이 있는 거 같긴 하다만. 한 번 보자."

급격히 박동준 형으로부터 거리감이 느껴졌다.

매일매일 열심히 살지 않는 자신에 비해 갑자기 변한 내 상황이 당황스러운 거 같다.

"갈게. PC방에 가서 머리 식히려고."

"네. 또 봬요."

그럼에도 박동준 형은 도전을 받기보단 평소의 패턴을 따랐다.

멀어지는 그의 뒷모습에서 알 수 있었다.

"에휴."

이젠 가까이 지내기 힘들 지도 모른다는 걸 말이다.

오히려 그게 나을 지도 모른다.

밤낮으로 이상한 일을 겪는데, 헌터 말대로 평범하게 살긴 글렀을 지도 모른다.

"아, 피곤하다."

그래도 최소한의 일상은 지키고 싶다.

가족이나 재수 공부. 평범한 척이라도 하고 싶다.

"이거 주세요."

평소 손도 안대는 맥주를 샀다.

그리곤 한 번에 벌컥벌컥 한 캔을 다 비웠다.

머리가 붕 뜨는 기분이 나며 시끄러운 속이 잠시나마 가라앉았다.

"흐음."

차분하게 생각해보았다.

찰스 리는 강제로 내 사수를 자청했다.

가디언즈는 나를 스파이로 원한다. 그들에겐 인공 각성이란 옵션이 붙는다.

그렇다면 단순히 내 성향 외 이득 때문에라도 가디언즈에 붙어야 했다.

"구마준."

구마준이 건네준 명함을 내려다 봤다.

내가 원하는 건 인공 각성이다.

손에 넣으면 나중에 버리더라도, 일단 엄청난 가능성을 선택할 수 있게 되는 것이다.

저들의 첩보용 도구가 되긴 싫다.

"음!"

올림푸스든 가디언즈든, 얽매이면 1층 리치 핏 때처럼 결국 도구가 될 거 같다.

그래서 적절히 간격을 유지하며 내가 필요한 것만 빼내기로 했다.

쉽지는 않겠지. 끝내는 한 편으로 기울어질 수도 있겠지.

하지만 그게 제일 맘이 편하다.

"올림푸스."

이번엔 올림푸스의 명함을 꺼내봤다.

찰스 리가 운영한다는 사교 클럽이랬지.

시계를 보니 한창 오후였다.

아마 영업 중이 아니지 않을까.

"공부하긴 글렀네."

택시에 올라 타 강남 지역에 위치한 올림푸스로 가달라고 했다.

이상하게 긴장되거나 심장이 뛰지 않았다.

위험할 수도 있는데.

뫼비우스 초끈은 150만원을 약속했다.

찰스 리의 사무실에 가는 건 꽤 위험한 일 같은데.

그런데도 150만원밖에 안 준다는 건 B반 월반보다 크게 안 어렵다는 뜻이 아닐까.

"다 왔습니다."

"감사합니다. 현금으로 낼게요."

택시를 타고 올림푸스에 도착했다.

예상대로 럭셔리한 건물은 영업 중이 아니었다.

그저 검은 양복을 입은 떡대 둘이 입구에 서 있을 뿐이었다.

"아직 입장 안 되십니다. 밤 10시부터 클럽 오픈이에요."

예상대로 쉽게 들어갈 수 없었다.

[타겟 – 올림푸스 클럽 – 87위.]

[타겟 – 올림푸스 클럽 – 88위.]

도대체 직원이 얼마나 있는지는 모르겠지만, 입구를 지키는 자들은 나란히 서열이 87위, 88위였다.

수도권 범위의 사회적 지위는 나보다 높은 상태다.

"이거요."

혹시나 해서 올림푸스 명함을 꺼내들었다.

별 거 아니면 일단 돌아가면 되지.

"아. 사장님 지인이시군요. 진즉 말씀하시지."

"들어가시지요. 1층까진 입장 가능하십니다. 조용히 라운지 바만 운영 중입니다."

다행히 명함은 아무나 손에 넣을 수 없는 물건 같았다.

올림푸스 사장 찰스 리의 이름이 박혀 있었으니.

난 럭셔리한 건물에 들어섰다.

음침하고 야한 분위기 때문인지 악마 소굴에 들어서는 기분이었다.

막상 올림푸스에 들어서자 막막한 기분이 들었다.

럭셔리 사교 클럽은 고사하고 평생 클럽도 가본 적이 없었다.

가난한 재수생이 클럽 갈 돈과 여유가 어디 있겠는가.

게다가 입구 쪽 떡대들의 말에 의하면 내가 접근 가능한 곳은 겨우 1층 뿐이었다.

보나마나 사장실은 꼭대기에 있을 텐데.

"흠."

"어서 오세요. 바로 테이블 세팅하고 매니저 붙여드릴까요?"

나를 보자 양복을 차려입은 중년이 질문을 던졌다.

나는 초라한 내 옷차림에도 일부러 느긋한 척을 했다.

"아뇨. 좀 둘러보고 한두잔 하다 갈게요."

"그러세요, 그럼."

싱긋 웃은 뒤 중년은 라운지로 돌아갔다.

나는 일단 주머니를 털어 칵테일을 사먹었다.

13만원.

제일 싼 걸 골라 마셨는데도 엄청난 거금이 들었다.

[뫼비우스 가이드 활성화를 시작합니다.]

치이이익.

"읍."

오른쪽 손목에 반투명한 주홍색 실이 떠올랐다.

처음 보는 현상이었다.

뫼비우스 초끈은 직접 퀘스트 수행을 도와주기도 하는 걸까.

스르르르.

주홍색 끝이 내 손목을 벗어나 어딘가로 흘러가기 시작했다.

"흠흠."

나는 헛기침을 하며 자연스레 자리에서 일어났다.

그리곤 본능적으로 주홍색 선이 물결처럼 흐르는 방향을

따라갔다.

주홍색 실이 이끈 곳은 2층으로 향하는 계단이었다.

당연히 바리케이드가 쳐져 있었고 천장엔 CCTV가 달려 있었다.

"손님. 여긴 제한 구역입니다."

게다가 계단 중간에 의자를 둔 채 보안을 지키고 있는 가드까지 있었다.

스르르르.

다행히 주홍색 실은 거기서 멈추지 않았다.

방향을 틀어 화장실로 이동한 것이다.

화장실로 들어선 주홍 실은 세면대 중 하나에서 뱅글뱅글 돌았다.

"이걸 켜라는 건가."

처음으로 뫼비우스 초끈의 직접적 실재를 느껴보는 순간이다.

이렇게 적극적으로 돌다니.

전에도 그렇고, 단순히 물건 같기만 한 건 아닌 거 같다.

가디언즈와 찰스 리가 등장해서 더 적극적으로 움직이는 건가.

끼릭.

좌아아아!

놀랍게도 주홍 실이 가리킨 수도꼭지를 켜자, 원래 고장나 있었는지 물이 터져 나오기 시작했다.

나는 얼른 화장실을 빠져나와 바에 가 앉았다.

그리곤 태연하게 남은 칵테일을 마시며 흘러나오는 재즈 음악을 들었다.

주홍 실은 내 손목으로 돌아와 다시 반투명하게 뱅글뱅글 돌았다.

"이런 개 같은! 야! 너 내가 수리 팀 불러놓으라고 했지? 어제 그냥 퇴근했어? 물 터졌잖아, 이 새끼야!"

"아, 죄송합니다. 지금 연락 넣고 오겠습니다."

잠시 후 화장실 문으로부터 콸콸 물이 흘러나왔다.

화장실 밖 바닥까지 흥건해질 정도였다.

그걸 보고 1층 매니저가 계단에 있던 가드에게 호통을 쳤다.

"아오. 청소 팀 불러서 너도 같이 청소해. 직접 마포 자루 들고!"

"어휴. 알겠습니다."

"멍청한 새끼! 한숨은!"

매니저가 거칠게 주방으로 들어갔다.

그와 동시에 가드도 잠시 통화를 위해 자리를 비웠다.

주홍 실이 움직이기 시작했고 난 얼른 계단으로 발을 옮겼다.

"후우!"

이번에는 조금 긴장이 됐다.

바리케이드를 넘어 얼른 2층으로 뛰어올라갔다.

흥미롭게도 음악이 바뀌며 조명이 잠시 어두워지는 타이밍이었다.

내가 올라가는 건 보였을 테지만 내 얼굴은 정확히 CCTV에 찍히지 않았을 테였다.

스르르르.

주홍 실은 이번엔 날 탕비실로 이끌었다.

그곳엔 얼룩이 튄 직원복이 널브러져 있었다.

주홍 실이 그것 위에서 뱅글뱅글 거리자마자 바로 알아듣고 옷을 갈아입었다.

"후. 살 떨린다."

주홍 실은 CCTV의 시야각으로 날 이끌었다.

비상계단은 물론 직원용 엘리베이터 등을 이용해 금세 2층에서 4층으로 이동했다.

"야."

5층으로 올라가려는데 4층 매니저가 날 붙들었다.

"너 이 새끼. 복장이 이게 뭐야? 영업전에 반드시 갈아입어. 알았어?"

"네. 죄송합니다."

일부러 90도로 허리를 숙여 얼굴이 잘 안보이게 했다.

딱!

"어휴. 얼 빠진 새끼."

매니저는 뒤통수를 딱 내리치고 자기 갈 길을 갔다.

나는 잠시 기다리다 주홍 실을 따라 얼른 5층으로 올라 갔다.

"됐다."

드디어 사장실이 보였다.

헌데 주홍 실은 문이 아닌 다른 곳으로 날 이끌었다.

그 곳엔 나사가 느슨한 환풍구가 있었다.

따로 벽을 뜯어 개조한 것처럼 보였는데, 추측하기론 찰스리가 마약 연기를 잘 흘려내기 위해 개조한 거처럼 보였다.

끼리릭.

손으로 쉽게 나사들을 풀고 마침내 사장실로 입성했다.

스르르르.

주홍 실은 최종적으로 사장실 책상의 서랍을 가리켰다.

온통 널브러진 여자 속옷이나 양주 병들, 가루들로 볼 때 서랍이 잠겨 있지 않은 게 이상하진 않았다. 관리를 개판으로 하니 보안이 약했다.

드르륵.

서랍을 열자 얇은 서류가 보였다.

"VIP 리스트……."

나는 얼른 서류를 접어 품안에 넣었다.

그러자 주홍 실이 기화하듯 사라지며 반가운 문구가 보였다.

[퀘스트 완료. 150만원 지급을 위해 아무도 보지 않는 곳으로 이동하십시오.]

일단 150만원은 밖으로 나가서 받아야겠다.

이젠 실제로 돈이 남는 상황이 오겠구나.

1, 2만원에 벌벌 떨던 때가 말 그대로 며칠 전인데!

쾅! 쾅!

"야! 안에 거기 누구야!"

순간 사장실 문을 누군가가 두드렸다.

가슴이 철렁했다.

이런 곳에서 조용히 죽어나가는 건 일도 아닐 텐데!

다행히 찰스 리의 목소리는 아니었다.

쾅쾅!

"당장 안 열어, 이 새끼야?"

큰 일 났다고 생각하고 있는데 뫼비우스 초끈이 유혹하듯이 또 다른 퀘스트를 내렸다.

[미러 퀘스트: 올림푸스에서 탈출하라. 보상: 던전 2층에서 2000레벨 달성.]

"컥."

마치 덫에 걸린 기분이었다.

들어오는 퀘스트는 가이드까지 주어져 의외로 쉽고 간단했다.

그런데 나가는 게 2000레벨이 걸릴 정도로 만만치 않았다.

하지만 언제나 그렇듯, 깰 만하니까 지령을 내렸겠지.

"후우, 흡!"

심호흡을 한 다음 움직이기 시작했다.

머릿속으로 빠르게 탈출할 동선이 그려지기 시작했다.

머리가 파랗게 차가워졌다.

❖

급히 쇠 의자 중 하나를 문 앞에 대각선으로 대었다.

덕분에 열쇠로 문을 열더라도 한동안은 들어오지 못할 것이다.

희망을 품고 손목을 내려다봤다.

아쉽게도 이번엔 주홍 실이 보이지 않았다.

알아서 탈출해보라는 건가.

"후."

숨을 가다듬은 후 환풍구로 조용히 빠져나갔다.

소리가 날까봐 나사로 환풍구 마개를 닫진 않았다.

어차피 들킨 상황.

"이 새끼야! 진짜 해보고 싶어? 문 열어! 야! 애들 데려와! 열쇠도 가져와!"

매니저가 사람들을 불러 모으기 시작했다.

쾅! 쾅!

열쇠로 문을 열어도 문이 열리지 않았다.

직원들이 단단한 둔기를 가져와 문을 깨부수었다.

그리곤 단체로 우르르 사장실로 쳐들어갔다.

CCTV를 봤으니 내가 안에 있다 확신하는 것이었다.

다행히 사장실엔 찰스 리의 취향 때문에 CCTV가 없었나 보다.

"흡!"

온 몸에 땀이 났다.

뛰기 전에 이미 긴장하여 식은땀이 나는 것이었다.

나는 급히 4층으로 뛰어 내려갔다.

그리곤 올라온 동선을 그대로 역으로 타고 내려가며 끝끝내 2층에 도달했다.

"하악, 헥!"

직원복을 입고 나가면 당연히 입구 쪽 떡대들에게 붙잡히게 된다.

그래서 원래 내 옷으로 갈아입어야만 했다.

나는 대충 땀을 닦아내고 원래 내 옷을 입었다.

"어휴. 2000레벨이니 참는다."

정말 살 떨리는 순간이었다.

올림푸스 직원들 태반이 강남의 잘 나가는 클럽 정규직 직원이었다.

당연히 고시촌 재수생 보단 사회 서열이 높았다.

당장 버는 돈이나 인맥만 따져도.

정말 맨 몸으로 잠입했다 탈출하는 꼴이다.

"엇!"

"헙!"

탕비실을 문을 벌컥 열자 곧장 직원 하나와 마주쳤다.

[누적 갑질 포인트: 3포인트.]

나는 나도 모르게 그 자의 머리 위를 봤다.

"자세요."

[갑질 3포인트 소비.]

"흐엄."

다행히 청소부 직원은 나보다 서열이 낮았다.

빚이 많든, 비정규직이든 내 알 바 아니다.

일단은 갑질이 통하여 기절하듯이 잠에 들었다.

"으으어."

나는 정신을 가다듬으며 1층으로 향하는 계단을 내려다
보았다.

다행히 지키던 직원도 사장실로 뛰어올라갔나 보다.

그만큼 사장실이 털린 건 초비상이었으니까.

"후."

나는 슬그머니 계단을 내려가 그대로 화장실로 들어갔
다.

바닥이 젖어 있었지만 개의치 않았다.

오히려 일부러 옷에 물을 튀겼다.

화장실을 나간 뒤엔 바에 슬그머니 앉았다.

"음? 손님. 자리를 오래 비우셨네요."

바텐더가 의아하다는 듯이 물었다. 그도 위층에 있던 일련의 소동을 전해 들었나 보다.

나는 조금 남은 칵테일을 전부 비웠다.

이번엔 진짜 목이 말라서 마신 것이었다.

"예. 화장실서 볼 일 보는데 휴지도 없고 물까지 터져서 참 당황했습니다."

"아유. 죄송합니다. 이런 일 없도록 주의 시킬게요."

"갈게요."

"죄송합니다, 손님!"

잠깐의 의심을 떨쳐내고 오히려 내가 역성을 냈다.

그리곤 씩씩거리며 얼른 1층을 빠져나왔다.

"그래! 빨리 갈게. 미팅 장소가 어디라고?"

나는 통화하는 척을 하며 빠른 걸음으로 올림푸스를 빠져나왔다.

"어이! 거기!"

택시를 타기 직전 떡대들이 날 불러 세웠다.

무전을 전해들은 걸까.

"가주세요! 빨리! 따블!"

"예에!"

택시 기사가 얼른 시동을 걸었다.

나는 쫓아오는 떡대들을 뒤로 하고 무사히 강남권을 탈출할 수 있었다.

다행히 택시가 번화가를 통해 대로를 타서, 올림푸스

놈들이 쫓아오는 게 불가능했다.

택시 기사는 꽤 거리가 있는 따블 손님이 만족스러운 모양이었다.

그 이상 참견하진 않았다.

"후아아아!"

땀이 흥건한 상태에서 후련하게 한숨을 내쉬었다.

정말 목숨 걸고 탈출한 것이었다.

맨 몸으로!

"미친."

[미러 퀘스트 완료. 던전 2층 육신이 개조되었습니다. 밤을 맞이할 때 개조된 몸으로 눈을 뜹니다.]

"흐으."

그래도 무의미한 고생은 아니었다.

150만원을 번 건 기본이고 꽤 시간이 걸릴 레벨 업 작업을 한 번에 건너뛰었다.

당장 긴장이 가라앉지 않아서 그렇지, 다른 때 제안 받더라도 승낙했을 것이다.

2000레벨이면 서열이 정말 많이 올랐을 테지.

소화력은 물론 덩치도 커졌을 테고.

"여기서 내려주세요."

일단 내 돈으로 책가방 하나를 샀다.

그리곤 구석진 골목에 들어가 보상을 지급받았다.

[아무도 보고 있지 않으므로 지급 환경이 조성됩니다.]

스릉!

이번에도 허공이 갈라지며 5만권 다발을 퉤 뱉었다.

나는 그것을 받아들어 책가방에 넣었다.

다음으론 목욕탕으로 이동해 몸을 깨끗이 씻었다.

"으음."

뜨거운 물에 몸을 담그니 마침내 긴장이 모두 가라앉았다.

곰곰이 생각해보면 정말 나쁘지 않은 수확이었다.

VIP 리스트도 얻고 돈도 얻고, 폭발적인 레벨 업도 하고.

오로지 얻은 것뿐이었다.

"재수 없는 점이라면 CCTV에 내 얼굴이 남았다는 건데."

잠시 뜨거운 물에 얼굴을 담갔다 뺐다.

그러자 생각이 정리됐다.

바로 거래를 해봐야겠다.

찰스 리가 내 얼굴을 자신의 업소에서 보면 좋을 게 없다.

"아하."

VIP리스트의 좋은 점은 수십 명의 목록을 포함하고 있다는 거다.

즉 지금은 내 옷에 접힌 종이 쪼가리지만, 내가 다른 문서로 옮길 경우 얼마든지 여러 개로 분할할 수 있다는 것이다.

거래를 여러 번 할 수 있겠네.

"좋았어."

결정을 내리고 목욕을 마친 다음 옷을 입었다.

그 다음엔 책가방의 5만원권으로 잘 나간다는 캐주얼복을 사 입었다.

"여보세요."

곧장 구마준에게 전화를 걸었다,

"그래! 준후 군이구만. 결정을 했는가?"

"그 결정은 아직입니다. 대신 제안하고 싶은 것이 있습니다."

"제안이라?"

"예. 잠시 보실 수 있나요."

"지금 처리하는 일이 있어서 말이지. 잠시 후 연락 주겠네."

"예."

구마준과의 통화를 마쳤다.

나는 카페에 앉아 자리를 잡았다.

초조하긴 했지만 쉽게 흥분을 가라앉힐 수 있었다.

분명 저들은 VIP리스트를 원할 것이다. 그토록 추적하고픈 세뇌 능력자들일 가능성이 매우 컸으니.

그러니 내 제안을 거절할 수 없을 거야.

"그렇지."

PC방으로 이동해 원본 VIP 리스트를 5조각의 문서로 나누었다.

인쇄하는 것은 오로지 1번 문서뿐이었다.

원본은 사진을 찍어 4개의 전자문서와 함께 내 스스로에게 이메일을 보냈다.

그리곤 종이 원본을 찢어서 변기에 버렸다.

5조각 그 이상으로 나누면 너무 목록 당 인원이 적었다.

-준후 군. 지금 있는 곳 주소 찍어 줘. 곧바로 가지.

나는 여유롭게 PC방 주변의 카페 주소를 보내주었다.

약 20분 뒤 PC방을 빠져나가 멀찍이서 카페를 들여다보았다.

딱 봐도 눈에 띄는 거구가 혼자 카페 안에 앉아있었다.

주위를 둘러보았다.

충분히 사람이 많았다.

아무리 가디언즈 헌터라도 서울 한복판에서 나를 어찌하진 못하겠지.

대등하게 거래를 할 환경으로 적합하다.

띠링.

"어서 오세요."

"늦었구만, 준후 군."

구마준이 느긋하게 나를 반겼다.

나는 생강차를 시킨 다음 자리에 앉았다.

그러다 문득 생각나는 것이 있어 물었다.

"저한테 섀도우 보디가드를 붙이셨다고 하셨죠."

"그렇다네."

"그럼 지금까지 제가 뭐하고 다닌 지도 아시겠네요."

"이번엔 전부 자세히 파악하지 못했어. 거리를 최대한 벌리라고 했거든. 올림푸스로 곧장 향하기에 우리 제안을 거절하고 저쪽에 붙는 줄 알았지."

구마준의 표정은 평온했다.

그래서 나는 그가 오해하고 있는 게 아님을 알았다.

"제가 그런 것 같나요?"

"나오는 걸 보니 아니었지. 직원들에게 쫓기는 거 같았다고. 배짱이 두둑하구만. 안에 찰스 리 외에도 세뇌 능력자들이 몇이나 도사리고 있었을 텐데. 맨 몸으로 홀로 들어가다니."

구마준은 내 무모함에 혀를 찼다.

생사가 오가는 틈새에서 활동하는 그가 봐도 무모할 정도긴 했나 보다.

적어도 내겐 퀘스트 가이드와 그럴 만한 이유가 있었으니.

"그럼 오해는 없겠군요."

"어차피 이 시간에 찰스 리는 올림푸스에 출근하지 않아. 가끔 강제로 여자를 사장실로 데려가려고 놀러가는 정도지. 중요한 파티 일정이 있거나."

"네. 사실 급히 부탁드릴 게 있어서 전화했습니다."

구마준이 내 물음에 이미 답을 안다는 듯 고개를 끄덕였다.

그리곤 덩치에 비해 너무나도 작은 음료수를 단번에 빨아 마셨다.

"올림푸스는 전문 업체에 보안을 맡긴다네. 다행히 인터넷 네트워크로 연결된 보안 체계를 가지지."

"그렇단 얘기는?"

"일단, 자네가 찍힌 CCTV 화면을 삭제할 준비를 해두었네."

구마준은 내 의도를 정확히 파악하고 있었다.

역시 가디언즈의 대장급 헌터답게 힘만 센 게 아니었다.

게다가 아직 삭제했다고 말하지 않았다.

준비만 해뒀다고 한다.

"해킹 같은 거로 없애는 거죠?"

"원한다면 그리 할 수 있네."

"VIP 목록 일부를 드리겠습니다."

내 말에 구마준이 흥미롭다는 듯 턱을 쓰다듬었다.

"흐음. 당연히 구미가 당기는군. 전부는 안 주겠다는 거지?"

척 봐도 5개로 나눈 문서는 원본이라 치기엔 인원 수가 적었다.

어설픈 거짓말보단 대놓고 협상을 하는 게 나았다.

"예. 저도 필요할 때가 많을 거 같아서."

"이해하네. 역시 신중하군."

구마준은 느긋하게 전화를 걸었다.

그리곤 나를 보며 책상을 손톱으로 톡톡 두드렸다.

나는 알아서 눈치 채고 1번 문서를 꺼내 올렸다.

여기라면 힘으로 뺏기 곤란할 거다.

"어, 내가 시킨 거 있지? 지금 다 지워."

약 20초 정도가 지나자 구마준이 전화를 끊었다.

그리곤 내게 씩 웃으며 고개를 끄덕였다.

"자네가 찍힌 CCTV 장면이 전부 지워졌네. 찰스 리는 현재 자택에서 자고 있는 걸로 파악됐어. 올림푸스에서 긴급 연락을 쳤겠지만, 당연히 마약에 쩔어 자느라 무시했겠지."

"감사합니다. 약속을 지키겠습니다."

"나쁘지 않군. 이렇게 신뢰를 쌓아 나가는 것도. 고맙게 쓰겠네."

구마준에게 순순히 1번 문서를 넘겨주었다.

구마준은 스윽 문서를 훑더니 만족스러운 웃음을 지었다.

"역시 쓸 만 하군. 한 번 진지하게 생각해보게. 정말 유능한 스파이가 될 거 같아. 별 훈련도 받지 않은 재수생이 맨 몸으로 이런 일을 한 걸 보면 말야."

차마 뫼비우스 초끈 덕분이라 말진 않았다.

애초에 잠입하는 건물의 기본 청사진도 모르는 게 말이 되는가.

말 그대로 난 평범한 재수생일 뿐이었다.

그저 난 뫼비우스 초끈의 감각을 본능적으로 따랐고, 다행히 그게 올바른 판단이었다.

"그럼 가겠네. 결정 내리면 바로 알려줘. 상상 이상의 훈련과 혜택을 약속하겠네."

"알겠습니다."

나머지 4개의 문서로 인공 각성에 관해 거래해볼까 생각했다.

그러다 그만두기로 했다.

그것은 그들이 날 끌어들일 마지막 수단이었다.

겨우 VIP 리스트 4개와 맞바꿀 리 없었다.

올림푸스가 세뇌 능력자들의 본체 조직인 것도 아니었으니.

"저, 궁금한 게 있습니다."

"말해보게, 준후 군."

"인공 각성 말입니다. 당장 제게 주어질 수 있게 준비가 된 겁니까?"

"아니. 완전히 시험 단계야. 일반 세뇌 능력자가 맞으면 맹독으로 작용해 즉사하게 된다네. 하지만 자네는 특별하다고 판단한 거지."

"아."

뭐야.

생각보다 위험한 요소였다.

잘못하면 맹독으로 작용한다니.

과연 세뇌 능력자들은 추가 각성을 못한다는 말이 사실인 거 같았다.

나는 아닐 수 있지만.

"그럼 저도 목숨 걸고 시도해야 하는 겁니까?"

"그건 아니네. 피 샘플을 채취하게 해주면 호환성 검사를 해볼 수 있어."

"아하."

다행이다.

정상적인 방법으로 안전한 지 알아볼 수가 있다.

덜컥 수락하여 가디언즈에 들어갔으면 손해를 볼 뻔 했다.

아직 연구가 진행 중인 건 물론 나에 관한 호환성도 확정이 아니라니.

"그럼 검사를 부탁드립니다. 저도 확신이 있어야죠."

"아주 맞는 말이네. 미리 말해주지 못해 미안하네. 하지만 확률이 매우 높다고 판단해서 그랬어. 차차 말해줄 요량이었네."

"이해합니다. 수락하지도 않았는데 내부 정보를 마구 퍼줄 순 없는 법이죠."

"그래."

나를 물끄러미 바라보더니 구마준이 다시 조용히 웃었다.

그리곤 손가락으로 자신의 굵고 높은 콧대를 쓸었다.

"정말 나이답지 않게 흥미로운 친구군. 어디서 제법 구르다 온 거 같아."

틀린 얘긴 아니었다.

던전에서의 삶은 매 순간이 전투고 전쟁이다.

"지금 피 샘플을 채취해갈 수 있네. 티도 나지 않지. 그럼 우리 관계의 신뢰를 발전시키는 데 도움이 될 거 같은데. 어떤가? 자네도 확신을 얻고 싶어 하잖아."

피 샘플을 주면 호환성 검사 외에도 다른 검사를 할 수 있다.

하지만 곰곰이 생각해보면 크게 나쁠 건 없었다.

나도 내 정체성이 궁금했다.

게다가 내가 생각하기에 뫼비우스 초끈은 생화학적인 요소가 아니었다.

피 좀 검사한다고 완전히 간파하진 못할 것이다.

"좋습니다."

"좋은 판단이야."

구마준이 독특한 장비를 품에서 꺼내 내 팔에 댔다.

틱.

장비는 별 고통 없이 빠르게 내 피를 빼갔다.

"그럼 또 연락하지. 결과가 나오자마자 말야."

"예."

"만족스런 거래였네."

"덕분에 저도 찰스 리에게 해코지 당하지 않아 다행입니다."

구마준이 먼저 인사를 하고 카페를 빠져나갔다.

그리곤 주차된 호화로운 외제차를 타고 번화가를 빠져나갔다.

역시 저 자도 부자구나.

"음."

생각을 정리해보았다.

아무리 생각해도 인공 각성은 필요한 거 같다. 가능만 하다면.

올림푸스를 맨 몸으로 탈출하며 느꼈다.

약하다는 게 얼마나 불편한 건지.

당장 던전만 따져도 강하면 일단 모든 것이 편하고 단순해진다.

"흠."

그래도 가디언즈의 스파이 노릇만 하긴 싫다.

저들을 이용한 다음, 독립할 순 없을까.

스르릅.

나도 생강차를 전부 들이켰다.

사실 답은 간단한 것이었다.

세뇌 능력자들과 어울리며 진짜 가디언즈의 스파이 노릇

을 하다가, 적절한 순간 인공 각성을 취하고 둘 다와 관계를 끊어버린다.

혹은…… 그 때 가서 편리하고 유리한 쪽에 붙어버린다.

"좋아."

점점 더 스릴과 위험에 익숙해지는 거 같다.

밤만 그렇다 생각했는데 낮에도 던전에서의 정신 상태가 형성되려는 거 같다.

생존. 전투.

성장. 승리.

그리고 우월해지는 것.

[인공 각성을 취득하라. 보상: 뫼비우스 알파 권능 − 하극상.]

[뫼비우스 알파 권능 − 하극상: 특정 확률로 갑질 명령을 무시합니다. 더 낮은 카운터 확률로 그 갑질 명령을 그대로 상대방에게 되돌려 줍니다. 뫼비우스 초끈의 숙련도에 따라 확률이 올라갑니다.]

"캬."

거절할 수 없는 유혹이었다.

마침내 낮에도 왜 뫼비우스 초끈이 독보적인 물질인가가 드러났다.

하극상!

세뇌 능력자들로부터 자유로울 수 있다니.

갑질 능력을 가진 초인.

게다가 특정 확률로 갑질을 무시할 수 있는 능력까지.

어쩌면 가디언즈 헌터들을 만났을 때부터 난 답을 정해 놓고 있었는지도 모른다.

❖

정처 없이 떠돌며 돈을 썼다.

전이라면 맘이 불편했을 텐데 이젠 그렇지 않았다.

돈을 펑펑 써도 어차피 여유돈이라 신경이 쓰이지 않았다.

"이거 주세요."

먹고 싶은 걸 전부 사 먹었다.

배가 불러도 눈이 가면 사먹었다.

"이거 다 살게요."

가방이 꽉 차도록 선물도 샀다.

동생을 위한 MP3는 물론 어머니를 위한 전동 마사지기까지.

돈을 쓰는 재미가 꽤 쏠쏠했다.

그렇게 돈 쓰는 희열로 스트레스를 간신히 억눌렀다.

"후우우."

내 딴엔 정말 미친 듯이 쓴다고 썼는데, 아직 49만원밖에 쓰지 못했다.

나머지는 통장에 넣어두기로 했다.

더 이상 돈을 쓸 곳이 생각나지 않았다.

평소에도 식사 외엔 최대한 돈을 쓰지 않았다.

"어후."

돈을 쓰는 것도 해버릇 해야 한다는 걸 알았다.

앞으로 차차 늘여 가면 되지.

이젠 만약을 대비해 막연히 쌓아두는 걸 좀 줄여도 될 거 같다.

"저 왔어요."

집에 들러 선물 보따리를 잔뜩 풀어놓았다.

준수도 어머니도 나가 있는 상태.

"흐음."

집을 쭉 둘러보았다.

항상 어쩔 수 없다고 생각해 그러려니 했는데 정말 좁고 낡았다.

아무리 세 사람이 사는 곳이라 쳐도 정말 후진 공간이었다.

"이사 가야겠네."

곧 있으면 가족을 이사시킬 수 있을 거 같다는 생각이 들었다.

어머니도 무시 받는 가정부 말고, 떳떳한 사장님으로서 일할 수 있게 해드려야겠다.

그러기 위해선 돈이 필요하다.

돈을 벌기 위해선 신분과 서열을 올려 더 우월한 사람이 돼야 했다.

"읍."

집에서 냉수 한 잔을 시원하게 들이켰다.

당분간 찰스 리는 하찮게 생각하는 날 내버려둘 것이다.

나를 걱정하기 보단, 내가 가디언즈에 노출됐으니 되레 자기 몸을 사릴 것이다.

가디언즈도 내가 먼저 연락할 때까진 기다릴 테고. 해봐야 문자를 보내는 정도겠지.

선물에 쪽지를 붙이고 집을 나섰다.

"보람 재수학원으로 가 주세요."

일부러 이동할 때 택시를 타고 다녔다.

그러면서 항상 뒤를 살폈다.

어떤 형식으로 가디언즈에서 보디가드를 붙이는 지 살펴 보려 했다.

하지만 역시 단순히 거리를 두고 미행하는 건 아니었다.

아무리 살펴도 내 눈으론 이상한 점을 발견할 수 없었다.

"후!"

집에 들르고 보람 재수학원에 도착하자 마침내 일상으로 돌아온 거 같았다.

낮에 눈을 뜬 건 한참 전인데, 워낙 정신없는 일들을 겪어서 기분은 낮으로 되돌아오지 않았다.

자습실에 들어가 짐을 풀고 공부를 시작했다.

주변을 슬쩍 둘러보았다.

최여진이 없다는 것에 아쉬운 기분이 들었다.

-최여진.

3G 폰을 열어 그녀의 전화번호를 여러 번 눈으로 훑었다.

문자라도 보내볼까.

밥은 먹었을까.

"야. 준후."

누가 등을 살짝 쳤다.

누군가 싶어 뒤를 돌아보니 그녀였다.

얼굴이 화끈해졌다.

보나마나 내가 그녀 연락처를 되새겨 보는 걸 들킨 거 같다.

"뭐야. 키키오톡에 안 떠서 가짜 번호 알려준 줄 알았더니! 그냥 공부하느라 옛날 폴더 폰 쓰는 거였구나? 앱이 안 돌아가는. 문자라도 남기지 그랬어."

먼저 연락해도 되는 거였구나.

내심 섭섭했는지 최여진이 예쁜 얼굴로 째려봤다.

"으응. 미안. 대신 밥 살게!"

"정말?"

"응!"

"그래. 네가 산다면 먹어주지."

최여진이 약간 뾰로통한 표정으로 고개를 끄덕였다.

유달리 그게 더 예뻐 보였다.

"맛있는 거 사주고 싶다. 이번엔 분식 말고. 좀 더 좋은 거!"

그러고 보니 두둑한 통장 계좌가 생각났다.

가족만큼은 아니지만, 최여진도 내가 신경을 많이 쓰는 사람이다.

번만큼 써보고 싶었다.

"음. 글쎄. 뭐 먹지. 분식이 싫으면 삼겹살?"

"저기 어때?"

"저기? 무리하는 거 아냐? 생활하느라 빠듯할 텐데."

"그렇지도 않아. 좋은 아르바이트 자리를 구했거든. 가자!"

나는 당당하게 최여진을 고급 레스트랑으로 이끌었다.

그게 싫지 않은 듯 최여진은 순순히 따라나섰다.

비싼 음식을 먹어서 좋은 게 아니라, 그런 곳에 갈 정도로 내가 그녈 뻔하게 대한다는 것이 좋은 것이었다.

이제야 느끼는 거지만 전화번호를 주고받은 것치곤, 어제 밤부터 우린 아예 서로 연락이 없었다.

최여진도 자존심 때문에 먼저 안 한 거겠지.

"자! 시키자."

"얘. 이거 너무 과한 거 같아."

최여진이 미안한 표정을 지었다.

코스 요리들이 가득한 레스트랑이었는데 전부 1인당

10만원을 넘어섰다.

당연히 학생에겐 부담스런 가격이었다.

"여진아. 나 이렇게 빼입고 너처럼 예쁜 여자랑 밥 먹어보고 싶었어. 내 소원 좀 들어주라."

"뭐? 호호."

내가 능청스럽게 말하자 그제야 최여진이 웃었다.

그러면서 슬쩍 내 옷을 훑었다.

"그러네. 새로 산 옷이야? 잘 샀다."

"으응. 맘에 들어?"

"뭐, 괜찮네! 키가 커서 잘 어울려."

"고맙다, 헤헤."

최여진이 칭찬해주자 기분이 한순간에 확 좋아졌다.

오늘 느꼈던 극심한 스트레스들이 사르르 녹아내리는 거같았다.

"그런데 왜 낮엔 안 보였어? 자습실도 안 온 거 같고."

"에이, 나 찾았구나?"

"응? 아, 아니……. 궁금하잖아."

그래도 내 생각을 했다는 것에 미소가 지어졌다.

똑같은 말도 저리 예쁘게 하니, 두 번 만났는데도 오래보고 싶어졌다.

"아까 내가 말한 좋은 아르바이트 자리 때문에 그랬어. 그래도 앞으로 수업은 들으려고. 말을 주로 하는…… 아르바이트야."

"그렇구나! 넌 들어주는 걸 잘하니까 말도 잘 할 거야. 하하."

가장 좋아 보이는 코스와 와인을 시켰다.

최여진은 급격히 갖춰진 분위기에 꽤 빠르게 적응했다.

그리곤 와인을 마시며 기분 좋은 표정을 지었다.

분식으로도 얼마든지 만족할 줄 아는 그녀였다.

그래서 이런 곳에 흔쾌히 와준 게 더 기특했다.

"맛있게 먹어!"

"으응! 그런데 넌 좋아하는 음식이 뭐야?"

최여진과 다시 소소한 대화가 시작됐다.

숨통이 트이듯 자연스레 대화에 스며들었다.

아. 오늘 공부하긴 글렀다.

그래도 내가 원하여 몰입되는 걸 내버려두었다.

시계 따윈 거들떠도 보지 않았다.

"꺄하하! 그래서 다 태워먹어서 버린 거야? 내가 요리를 좀 하거든. 나중에 좀 가르쳐 줘야겠네."

"아유. 그럼 내가 또 수업비는 톡톡히 내지요."

"호호호. 웬만한 요리 학원보다 나을걸."

"공부도 잘하는데 요리도 잘하고. 예쁘고. 너 진짜 큰 일 났다."

"헤헤!"

누가 들었으면 찌푸리며 혀를 찰 정도로 사이좋은 대화 였다.

사람 맘이 웃긴 것이, 막상 내가 하니 자연스럽고 기분 좋기만 했다.

그렇게 나는 또 최여진과 카페를 옮겨 몇 시간동안 소소하고 평범한 대화를 나눴다.

"아, 또 이렇게 됐네."

"이젠 받아들이자! 우린 어쩔 수 없나 봐. 하하."

내 어쩔 수 없단 말이 좋았는지, 최여진이 밝게 웃었다.

그러면서 살짝 볼이 빨개졌다.

"그래! 뭐! 그러지 뭐."

최여진을 자습실로 데려다주었다.

가는 길에 길거리에서 예쁜 액세서리도 사주었다.

최여진은 좋아하며 그걸 받아들었다.

"오늘 왜 이렇게 잘해줘? 나한테 공부 배울 거라도 있는 거야?"

최여진이 이제 어느 정도 편해진 듯 장난을 쳤다.

"공부 배우면 좋지. 근데 또 보려면 이 정돈 해야지."

"하하. 매 번 이렇게 할 자신 있어?"

"음. 더 잘해줄 자신밖에 없네."

"하하!"

헤어질 때까지도 우린 웃고 있었다.

오히려 둘 다 너무 빨리 헤어지는 거 같아 아쉬워했다.

그럼에도 난 어쩔 수 없단 걸 알았다.

곧 잠에 빠져들어야 했다.

"잘 가! 내일 보자."

"으응!"

집으로 향해 이불로 몸을 던졌다.

최여진과 있으면 어떤 곳에서도 얻을 수 없는 잔잔하고 깊은 감정이 느껴졌다.

어릴 적 어머니가 안아주던 기분과 비슷 하달까.

"흠흠냐."

반달 웃음을 지으며 눈을 감았다.

이제 2000대 레벨에 도달한 2층 육신으로 다시 질주할 차례다.

부디 2층에서 전준국과 마주치지 않았으면 좋겠다.

신분상승
가속자

# 3 장 - 폭발 성장

던전에서 눈을 떴다.

항상 납치당하듯 억지로 눈을 떴다.

이제는 좀 더 씩씩하게 마주하려 한다.

[카몬 - Lv.2000 / 힘: 2.0 / 민첩: 1.0]

"쓰르르."

뫼비우스 초끈은 확실히 약속을 지켰다.

과연 내 육신은 레벨이 2000에 도달해 있었다.

그에 따라 몸집이 19cm 정도로 커진 건 물론, 그 굵기나 구조도 많은 발달을 보였다.

[카몬 - 2층 - 8704만 2133위.]

그에 더해 서열도 1억대 내부로 진입했다.

서열만 봐도 얼마나 한꺼번에 성장했는지 알 수 있었다.

동족 포식이 까다로운 2층 환경을 고려할 때 특히나 대단한 일이었다.

"쓰르르."

황급히 주변을 살폈다.

다행히 디록스의 흔적은 없었다.

멀찍이서도 불이 뿜어져 나오거나 하는 광경은 보이지 않았다.

그래도 혹시 모르니 항상 주위를 살펴야지.

-도저히 못하겠어.

-너무 힘들어.

-진짜 맞긴 한 거야? 정말 연속 식사를 하면 희석 능력이 생겨?

반가운 페로몬이 들려왔다.

대충 지나가기만 했는데 연속 식사 얘기가 들렸다.

이제 몇 천 혹은 만 단위로 연속 식사에 관한 루머가 퍼졌을 것이다.

-연속 식사라니?

내가 다가가 먼저 마물들에게 말을 걸었다.

덩치만 봐도 내가 압도적으로 서열이 더 높았다.

-아! 네. 연속 식사를 하면 희석 능력을 얻는다는 말이 돌고 있습니다.

-그런데 너무 힘들어서 그만 뒀어요.

-이 역겨운 걸 어떻게 연속으로 먹습니까? 하루 이틀이지.

어우, 씨! 저는 안 될 거 같아 포기했습니다.

　-그렇구나. 나만 아는 줄 알았는데, 다들 알게 돼 버렸군.

　저들이 혹할 말을 남기고 몸체를 돌렸다.

　-예? 무슨 말씀입니까!

　마물들을 무시하고 나는 연속 식사를 시작했다.

　덩치가 크니 큰 주둥이로 집어삼키는 폐기물 양도 많았다.

　-레벨 업! [Lv.2009 / 힘: 2,009 / 민첩: 1,009]

　직접 인지하고 있지 않았는데, 스탯 창에 새로 민첩이란 요소가 생겼다.

　그도 그럴 것이 내 몸은 이제 단순히 반투명한 육신이 아니었다.

　반투명한 몸체 곳곳이 뭉쳐져 근육을 형성하고 있었다.

　그래서 힘을 주어서 빠르게 기거나 급진적인 움직임, 그리고 꺾어서 기는 움직임 등이 가능했다.

　앞으론 덩치 큰 마물에게 치여도 구덩이로 떨어지지 않을 것이다.

　점점 나보다 큰 마물들의 수가 줄어들기도 할 테고.

　"쓰르르르."

　-레벨 업! [Lv.2015 / 힘: 2,015 / 민첩: 1,015]

　내가 묵묵히 계속해서 식사를 하자 연속 식사를 포기한 마물들이 혼란에 빠졌다.

　-진짜인가 봐.

-아, 다시 시작해야 하나.

-저 덩치를 봐. 저분은 이미 터득했다는 듯이 말했어. 우리랑 먹는 양부터가 다른데. 희석 능력이 없으면 더더욱 지독할 거 아냐!

-그럼 진짜인 거 같은데.

내 눈치를 보던 마물들이 다시 식사를 시작했다.

그리고 그것을 계기로 마침내 매우 유용한 보상이 주어졌다.

[퀘스트 완료. 현재 연속 식사 중인 2층 마물들이 1만 마리에 달했습니다. 보상으로 희석 능력을 터득합니다. 능력 흡수 시 임시로 해제됩니다.]

스르르륵.

잠시 혀가 간지러웠다. 그와 함께 혀 밑에 작은 주머니가 생긴 거 같았다.

"쓰릅."

반신반의하며 폐기물을 집어삼켰다.

과연 뭔가 많이 달랐다.

그동안 꾸준히 역겨움에 적응해 왔다. 하지만 도저히 적응할 수 없을 정도로 극심한 역겨움과 지독한 향취가 느껴졌었다.

그래도 태도만큼은 어쩔 수 없다고 체념해왔지.

정말 살기 위해선 어쩔 수 없었으니.

"쓰르르르"

하지만 처음으로 그 고통이 느껴지지 않았다.

아예 사라진 건 아니었지만 약간 구린 정도로 많이 약해진 맛이었다.

일부러 좋게 말하면, 구수한 편이라고도 할 수 있었다.

"쓰르으."

흥미롭게도 폐기물과 배설물의 종류나 색체에 따라 느껴지는 맛도 달랐다.

과연 희석 능력을 터득한 게 맞았다.

식사가 월등하게 편해졌다.

-레벨 업! [Lv.2027 / 힘: 2,027 / 민첩: 1,027]

나는 매 식사마다 짜증나는 감정을 꾹꾹 눌러왔다.

시간을 낭비하기 싫어 여유가 돼도 휴식하지 않았다.

그런데 예상대로 희석 능력을 터득하자 훨씬 연속 식사가 편해졌다.

그러니 더더욱 적극적으로 식사하며 속도를 높일 수 있었다.

-레벨 업! [Lv.2245 / 힘: 2,245 / 민첩: 1,245]

갈수록 섭취량이 는다.

식사가 고통스럽지 않다.

이 두 가지 조건만으로도 눈에 띌 만한 가속도가 붙었다.

-레벨 업! [Lv.2459 / 힘: 2,459 / 민첩: 1,459]

약 6시간이 지났을 때, 나는 또 다른 성취를 이뤄낼 수 있었다.

이미 살 만하다고 할 정도로 몸이 발달했다.

이제는 단순 필요 이상으로 우월해지는 단계였다.

[육체의 발달로 잠재돼 있던 유전자가 활성화됩니다! 돌기 능력을 터득했습니다. 패시브 스킬로써 다른 능력과 별개로 항상 활성화 됩니다.]

[돌기(패시브) - F급 - 몸 일부가 굳어 단단한 돌기를 형성합니다. 발달할수록 다양한 형태로 온 몸에 퍼져나갑니다.]

꼬리 쪽에 황토색으로 뭉친 돌기들이 나 있었다.

반투명하고 매끈한 다른 몸과는 전혀 다른 부위였다.

단순히 근육정도가 아니라 아예 이질적인 부위였다.

"쓰르르!"

작은 마물들이 모인 곳으로 이동했다.

마물들은 치이는 게 무서워 알아서 길을 텄다.

"쓰르르!"

"쓰라악!"

마물 중 하나에게 돌기가 난 꼬리를 휘둘렀다.

그러자 놈의 몸이 찢기며 끈적끈적한 액체를 흘려냈다.

"쓰락!"

근육을 이용해 몸을 앞으로 돌진시켰다.

그리곤 확 몸이 찢긴 놈을 집어삼켰다.

-레벨 업! [Lv.2523 / 힘: 2,523 / 민첩: 1,523]

역시 동족 포식만 한 게 없는 거 같다.

아무리 식사효율이 좋아졌다고 해도 비교할 바가 아니다.

-쓰라악! 동족을 잡아먹는다!

-어서 피해!

-불을 뿜던 거인 때문에 정신없었는데! 이젠 동족을 먹는 미친놈까지 등장하다니!

아무리 서열 차가 나도 위 서열을 위해 죽어줄 순 없는 법이었다.

마찬가지로 내가 억대 마물들을 잡아먹어도, 마물들은 그러려니 하지 않았다.

공포에 질린 페로몬을 뿌려대며 온 사방으로 도망쳤다.

[2층 마물 30마리를 잡아먹으십시오. 보상: 추가 레벨 업.]

뫼비우스 초끈은 그런 중에서 동족 포식을 부추겼다.

당장 레벨 업이 급한 건 아니었지만 본격적으로 강해진 몸을 시험해 보고 싶었다.

전에 내가 세운 코드와 동족 포식.

아직 하찮은 2층 마물들에게 코드까지 내세우고 싶진 않았다.

페로몬 대화가 가능하긴 하지만, 지성체로 인정할 정도로 대단한 존재들은 아닌 거 같았다.

"쓰르르르!"

-도망쳐! 미쳤다!

-동족을 잡아먹는다!

마구잡이로 작은 마물들을 잡아먹기 시작했다.

몸이 탄력 있게 뻗어나가며 멀찍이서 기어가는 마물을 금세 따라잡았다.

❖

그러면 얼른 큰 주둥이로 겨냥한 마물을 집어 삼켰다.

"쓰라악!"

또한 적극적으로 돌기가 난 꼬리를 활용했다.

몸이 찢긴 마물은 고통스러워하며 더 이상 기지 못했다.

기어가기 위해 필요한 몸의 구조가 다 망가진 것이었다.

"쓰릅!"

30마리를 잡아먹는 건 별로 어렵지 않은 일이었다.

-레벨 업! [Lv.2788 / 힘: 2,788 / 민첩: 1,788]

이 속도라면 곧 3000대를 바라볼 수 있다.

이제 돌기가 꼬리 말고 몸통에도 듬성듬성 나게 되었다.

걱정한 것보다 그리 상황이 심각하진 않았다.

분명 마물들은 말을 할 수 있었지만 결국 그게 전부였다.

나를 미친놈이라 부르면서도 합심하여 덤비지 못했다.

그저 살려고 도망치는 게 전부였다.

-어이, 거기.

-쓰르. 응?

주변 마물들이 죄다 도망 가 주변이 텅 빈 상태였다.

다시 폐기물 식사나 하려는데 누군가가 날 불렀다.

[타겟 – 2층 – 989위.]

이런.

나보다 훨씬 더 강력한 마물이었다.

내가 동족 포식을 한 것에 불만이 있는 건가.

분명 문화 상 자연스레 통용되는 행위는 아니었다.

–당장 죽기 싫으면 따라 와라.

–알겠다. 공격하지 마라.

–따라오기나 해. 중간에 도망치면 몸이 찢기는 고통을 알려주지.

–그래. 따라가겠다.

989위는 묵묵히 나를 이끌었다.

나는 그를 따르면서 혹시나 하는 생각에 제 3 권능을 발현시켰다.

[능력 흡수. 대상: 989위.]

[D-급 돌기 숙련도를 흡수했습니다. E-급에서 D-급으로 돌기 숙련도가 업그레이드됩니다.]

까드드득.

989위와 마찬가지로 봄통과 이마에 돌기가 돋아났다.

여전히 틈은 있었지만 전에 E-급이었을 때보단 훨씬 나았다.

989위와 덩치 차이는 좀 나지만 돌기의 발달 정도는 대등했다.

"쓰르르르."

[카몬 - 2층 - 2만 9124위.]

서열을 확인해보니 정말 많이 성장해 있었다.

하지만 989위에 비하면 아직 초라한 게 분명했다.

-다 왔다. 저 안에 들어가서 대기해.

989위가 날 이끈 곳은 다름 아닌 리치 핏이었다.

그 앞엔 수천 마리의 마물들이 1000위권 마물들의 통제를 받으며 갇혀 있었다.

돌기가 난 마물들이 둥그렇게 수천 마리를 감싸며 쓰르르 소리를 흘려내고 있었다.

-어서 들어가!

-아, 알겠어.

나는 긴장하며 리치 핏 쪽으로 이동했다.

긴장하자 몸과 이마에 난 돌기들의 각도가 살짝 날카롭게 변했다.

대화가 가능한 2층이다 보니 1층과 확연히 다르다.

모두에게 의사 전달이 가능하니 이런 큰 단위의 갑질이 가능했다.

여전히 1000위권 마물들은 뱅글뱅글 내가 갇힌 무리를 감싸고 있었다.

갇힌 마물들의 덩치를 보면 모두 서열이 3만대 이상은 되는 거 같았다.

자세히 서열을 살펴봐도 실제로 그러했고.

적지 않게 돌기가 난 녀석들이 눈에 띄었다.

[남은 생존 시간: 2분 14초.]

잠깐.

"쓰르르르."

"쓰르흐흐흐."

저렇게 동그란 형태로 1000위권 마물들이 우릴 감싸면 식사는 어떻게 한단 말인가.

리치 핏 주변이었음에도 우리가 갇힌 곳은 폐기물이 많지 않았다.

수천마리가 몰려 있었으니까.

나는 얼른 눈에 띄는 폐기물을 삼켜 넘겼다.

[남은 생존 시간: 2분 59초.]

뭔가 섬뜩한 기분이 든다.

이제야 왜 1000위권 마물들이 우릴 한곳에 가둬뒀는지 얼핏 추측이 갔다.

당연히 그 본질적인 목적은 아직 알아낼 수 없었다.

애초에 왜 이런 짓을 벌이는 걸까.

-쓰르! 모두 들어라! 어제 135층에서 불을 뿜는 거인이 나타나 우리 동족 수만 마리를 죽였다!

디룩스가 정말 지독하게 2층을 뒤집어 놨구나.

설마 불로 죽인 숫자가 몇 만일지는 몰랐다.

-덕분에 서열이 잔뜩 뒤틀어지고 중간 중간 빈자리가 많이 생겼다!

-우린 너희 중에 앞으로 우리 스네이커즈에 영입할 신입을 가릴 것이다!

-이 자리에서! 가장 쉽고 정확한 방법을 통해서 말이다!

-폐기물과 배설물은 점점 없어질 것이다!

-그럼 뭘 먹어야 할지 알겠지?

"쓰르ㅎㅎㅎ!"

아까부터 왜 1000위권 마물들이 웃는지 알게 됐다.

그들은 스스로를 스네이커즈라 불렀다.

확실히 전부 대화가 가능한 2층답게 특권층의 조직력도 남달랐다.

"쓰르!"

-안쪽으로 들어가라!

아이러니하게 우릴 가두고 있는 스네이커즈 마물도 식사를 해야 했다.

그래서 수천 마리 중 외곽에 갇혀 있는 마물은 애꿎게도 금세 식사가 됐다.

-살아남아라! 오로지 강하여 살아남는 자만이 선택 받아 스네이커즈가 될 것이다!

애초에 스네이커즈 영입에 대해 의사를 묻는 절차 따윈 없었다.

무조건 살아남아 조직에 들어오라는 것이었다.

"쓰르."

확실히 이 방법이 일일이 전 층을 돌아다니며 1000위권에 가까운 후보를 찾는 것보단 빠를 것이다.

동족 포식 때문에 잡혀온 줄 알았는데.

오히려 기회가 생기다니.

[각성.]

쿠드득.

육신은 물론 돌기들이 모두 굵직하게 커졌다.

학습률1000%를 이용하면 정말 폭발적인 경험치를 얻을 수 있다.

하지만 그러면 내 안전이 위협을 받는다.

나와 같이 갇힌 수천 마리 중엔 나보다 강해보이는 놈들도 더러 있었다.

각성은 필수적인 선택이었다.

─에라이! 제기랄!

─이판사판이다!

─이 참에 리치 핏에서 살아봐야겠다!

"쓰르르!"

"쓰락!"

"쓰라아악!"

화려하고도 징그러운 광경이 펼쳐졌다.

수천 마리 마물들이 뒤엉켜 서로를 조이고 물어뜯기

시작했다.

나도 뒤처지지 않았다.

사방에 돌기를 휘둘러 일단 나를 노리는 마물들의 몸을 찢었다.

"쓰락!"

-레벨 업! [Lv.2802 / 힘: 2,802 / 민첩: 1,802]

광기 어린 분위기에 취해 거칠게 전투에 임하기 시작했다.

진즉에 989위 스네이커즈의 돌기 숙련도를 흡수하길 잘했다.

"쓰렉!"

내 몸통을 잘못 물면 오히려 문 녀석의 주둥이가 찢어졌다.

반면 나는 마구잡이로 몸통을 휘두를 수 있었다.

마치 가시가 돋아난 갑옷을 두른 기분이었다.

카드득!

하지만 개중엔 마찬가지로 돌기가 나서 까다로운 놈도 있었다.

돌기를 휘둘러도 마찬가지로 돌기로 받아쳐 충격을 완화했다.

-죽어라!

-스네이커즈에 들어가는 것은 나이다!

까드득.

서로의 몸통을 8자 형태로 조이는 상황이 벌어졌다.

다행히 나는 각성한 상태에 돌기가 더 발달돼 있었다.

"쓰라악!"

나와 힘겨루기를 하던 놈의 몸통이 먼저 찢겼다.

그러면서 놈의 힘이 풀리기 시작했다.

반대로 나는 더더욱 힘을 주었다.

"쓰라아아악!"

놈이 비명을 지르자 얼른 목을 물어뜯었다.

나의 승리였다.

다행히 죽은 마물의 돌기는 금세 탄력을 잃어 물렁해졌다.

-레벨 업! [Lv.2892 / 힘: 2.892 / 민첩: 1.892]

자축할 시간 따윈 없었다.

나는 곧장 다음 놈을 노렸다.

"쓰르르!"

-약한 놈부터 처리하자! 돌기 없는 놈들을 노려!

-그래! 돌기 난 놈들끼리 남아서 승부를 가리자! 하찮은 놈들은 방해만 될 뿐이다!

돌기가 난 놈들이 잔머리를 굴린 뒤 소리쳤다.

덕분에 한순간 상황이 미묘하게 돌아갔다. 돌기가 난 녀석들이 일방적으로 돌기가 없는 녀석들을 몰아서 공격했다.

결과는 뻔 했다.

2천 마리에 달하는 마물들이 한순간에 누군가의 뱃속으로 사라졌다.

지독한 폐기물을 분해하던 소화력이라 다들 연속된 동족 상잔을 힘겨워하지 않았다.

그건 나도 마찬가지였다.

벌써 120마리 넘게 잡아먹은 거 같은데.

[남은 생존 시간: 2분 49초.]

"쓰르르르."

머지않아 빽빽하던 원형 구간이 듬성듬성 비게 되었다.

개중에는 돌기가 없더라도 덩치가 더 큰 녀석들이 제법 있었다.

하지만 돌기 난 녀석들이 합심하여 공격하니, 결국 몸이 찢길 수밖에 없었다.

"쓰르르르."

—대체 얼마나 추려야하는 겁니까!

마물들답게, 살아남은 자들은 이미 동족상잔에 적응해 있었다.

우릴 감싸고 도는 스네이커즈들이 킬킬거리며 외쳤다.

—150명만 남길 것이다!

—150명은 우리가 책임지고 키워줄 것이야!

스네이커즈들의 말을 듣고 다시 내부에 갇힌 마물들이 움직이기 시작했다.

식사 여유 시간을 기다려봤자 변하는 건 없었다.

오로지 눈에 띄는 적을 먹어치워야 살아남을 수 있었다.

150마리.

나도 반드시 그 안에 들어야 한다.

－나보다 덩치도 작은 놈이 제법 돌기가 많구나! 서열도 낮은데 말이지.

"쓰르르!"

한 놈이 먼저 덤벼들었다.

나는 이제껏 반복한 감각대로 몸을 뒤틀어 이마로 놈의 이마를 들이박았다.

"쓰락!"

놈이 아찔해하는 순간 놈의 몸통이 아닌 목을 휘감았다.

좌악!

그대로 놈의 목이 절단됐다.

서로 몸통만 조이는 걸 보고 내가 독자적으로 개발한 전투법이었다.

－레벨 업! [Lv.3403 / 힘: 3,403 / 민첩: 3,403]

[카몬 － 2층 － 898위.]

미묘한 상황이 벌어졌다.

이미 나는 스네이커즈로 인정될 정도로 서열이 올라갔다.

게다가 방금 내가 죽인 놈이 갇힌 자들 중에선 가장 덩치가 큰 놈이었다. 돌기까지 나 있는.

즉 나는 갇힌 마물들 중 최강이었다.

－잠깐. 저 놈은 뭔데 저기 껴 있어?

－나, 나보다 크잖아? 돌기도 더 아름답고.

워낙 정신이 없었던지라 스네이커즈들은 이제야 이상한 점을 발견했다.

유달리 크고 돌기가 발달한 놈이 갇힌 자들 사이에 있다는 걸.

척 봐도 눈에 띌 정도였다.

바로 나였다.

-서, 서열이 우리보다 높잖아?

-스네이커즈이신데 섞어 들어가신 건가?

-그런 건가 보다!

1000단위 조직이면 서로 페로몬을 일일이 알아보지 못하는 게 당연했다.

나는 스윽 몸을 빼 돌기가 많이 발달된 놈에게 다가갔다.

-나는 나와도 되지?

-물론입니다. 언제 섞여 들어가신 건지요.

-그냥 싸우는 걸 보니 흥분돼서 나도 모르게 참여했다.

-쓰르르. 그렇군요. 어느 정도 이해는 됩니다. 덕분에 애꿎은 후보들만 죽어나갔군요.

-불만인가?

내 말에 원을 그리던 스네이커즈가 흠칫 놀라며 고개를 흔들었다.

-아, 아닙니다! 그럴 리가요.

동족상잔의 과정에서, 다른 마물들은 오로지 생존 시간을 늘리고 죽지 않는 것에만 집중했다.

하지만 나는 매순간 강해졌다.

그것도 가장 효율적인 성장 방법인 동족 포식을 통해.

정말 대놓고 크라고 판을 깔아준 거나 마찬가지였다.

당연히 그게 스네이커즈의 의도는 아니었겠지만.

게다가 중간중간 레벨 업을 하며 완전 회복의 혜택을 봤다.

반복된 전투에서 지치고 다친 걸 매 번 극복했다.

"쓰르르!"

ㅡ반드시 살아남을 것이다.

정말 눈에 띄게 갇힌 마물들의 수가 줄었다.

저편에서 쩌렁쩌렁한 페로몬이 들려왔다.

ㅡ그만! 너희들은 생존하는 데 성공했다! 이제 그만 싸워도 돼!

ㅡ축하한다! 스네이커즈 후보가 된 것을!

나는 여전히 스네이커즈인 척을 했다.

쩌렁쩌렁한 페로몬을 뿌린 건 2층의 3순위 마물이었다.

칼이라고 할 정도로 길고 무섭게 뻗은 돌기를 머리에 두르고 있었다.

웬만한 돌기는 아예 깨부수고 관통할 정도였다.

-자! 이제 너희들에게 곧바로 임무를 주겠다! 가서 연속 식사자들을 처단하라! 135층 귀빈에게 수만이 죽은 것보다 더 큰 문제니라!

마침내 스네이커즈가 길을 열었다.

선택 받은 후보들은 순순히 3위의 명령에 복종했다.

스네이커즈인 척 하고 있는 나는 묘한 기분을 느꼈다.

내가 바로 연속 식사 현상을 퍼뜨린 장본인이었다.

"쓰르르."

[연속 식사자를 2만으로 늘리십시오. 보상: 추가 레벨업.]

"쓰릅!"

이런 상황에서 뫼비우스 초끈은 꽤 어려운 지령을 내렸다.

나는 각성을 유지한 상태에서 옆에 있는 스네이커즈에게 페로몬을 던졌다.

❖

나보다 낮은 서열의 스네이커즈는 내 페로몬에 곧바로 관심을 돌렸다.

-어이.

-네? 예! 선배님.

-내가 불 뿜는 거인을 따라 바깥쪽으로 순찰을 돌고 왔거든. 그래서 잘 몰라서 그러는데, 이게 어떻게 된 일이야?

-아아. 그러셨군요.

내 말에 스네이커즈가 몸을 돌려 내게 머리통을 향하게 했다.

아마 위 서열을 대하는 예절인 듯 했다.

나도 나중에 써먹어야지.

-아시다시피 2층에 연속 식사자들이 자꾸 불어나고 있습니다.

[퀘스트 가이드: 현재 연속 식사자 - 1만 2105]

뫼비우스 초끈이 보조 설명을 하듯 퀘스트 가이드를 보여주었다.

-그건 안다.

-네. 근데 문제가 되는 게, 너무 한꺼번에 많은 마물들이 연속 식사를 하면 생태계 균형이 깨지게 됩니다. 폐기물이 부족해집니다. 그럼 굶어죽지 않으려고, 무모한 줄 알면서도 리치 핏을 욕심내게 될 겁니다.

비약이 심한 편이긴 했지만, 아예 이해가 안가는 건 아니었다.

3분마다 식사해도 되는 마물들이 매순간마다 식사를 한다면, 확실히 시간 당 폐기물 처리량이 급격히 올라간다.

그에 반해 2층에 쏟아져 내리는 폐기물의 양은 한정돼 있었다.

생태계 균형이 깨질 수도 있긴 하겠네.

"쓰르르르."

어찌 보면 디록스가 난동을 피우고 간 것이 반드시 재앙인 것만은 아니었다.

수를 급격히 줄임으로써 조금이라도 폐기물 소비량을 줄인 것이었다.

─그래서 2층을 지배하는 저희 스네이커즈가 나서기로 한 겁니다. 인원이 모자라서 오늘 같은 방법으로 임시 구성원들을 선정했습니다. 뭐, 저희들이 즐기려는 목적이 제일 먼저긴 했습니다. 킬킬!

마물 특권자들답게 취향이 고약했다. 문득 찰스 리가 생각났다.

─아직 2층 곳곳에 퍼진 1000위권을 다 모으지 못했나보군.

─네. 수만이 죽으면서 순위가 여기저기 많이 틀어졌죠. 리치 핏 주변에도 135층 거인이 지나간 지라.

─알겠다. 가봐라.

─네. 안 그래도 식사 시간이 다 돼서.

설명해준 스네이커즈를 순순히 보내줬다.

만약 뫼비우스 초끈에게 의도가 있다면, 매우 거시적인 규모 같다.

생태계의 분열, 혹은 분열 직전의 상태에서 도출되는 기이한 2차 사회 현상.

간단히 생각하면 그 둘 중 하나일 거 같았다.

"쓰르르르"

곧 있으면 스네이커즈 후보 외에도 스네이커즈들이 직접 퍼져 연속 식사를 막을 것이다.

10분의 1 규모라도 이들이라면 금세 사회 현상을 잠재울 수 있을 것이다.

압도적인 조직력과 서열 시위로.

"쓰르."

이런 상황에서 어떻게 2만으로 숫자를 불릴까.

[퀘스트 가이드: 현재 연속 식사자 - 1만 3113]

내버려두기만 하면 금세 2만에 도달할 것이다.

스네이커즈가 방해만 안 하면 되는데.

"쓰르르."

나는 일단 리치 핏을 벗어나야겠다고 생각했다.

그 전에 주욱 리치 핏을 둘러보았다.

돌기를 좀 더 우수한 수준으로 업그레이드 하고 싶다.

사실 이번 동족상잔을 무사히 살아남은 것도 돌기 숙련도의 공이 컸다.

-쓰르르. 선배님.

나보다 서열이 높은 스네이커즈에게 다가갔다.

[타겟 - 2층 - 788위.]

-그래. 왜 그러나. 곧 연속 식사를 멈추러 우리도 출정해야 돼.

-알고 있습니다. 개인적인 질문을 올려도 될까요.

방금 본 것처럼 머리통을 788위에게 향하게 했다.

-그래. 허락한다.

-방금 본 3순위 스네이커즈님을 가까이에서 알현하고 싶습니다. 혹시 방법이 없을까요. 너무 아름다우십니다.

-글쎄. 딱히 방법은 없을 거 같다. 감히 우리가 알현할 수 있는 분이 아냐. 이번 출정에도 나서지 않고 리치 핏에 머무르실 거야. 아마 두 자리 수 서열 정도는 돼야 간신히 주변에 갈 수 있을 거다.

-역시 그렇군요. 감사합니다.

788위를 뒤로 하고 리치 핏을 한 바퀴 돌았다.

동족상잔이 끝난 지 얼마 되지 않아 분위기가 어수선했다.

그래서 비교적 자유롭게 돌아다닐 수 있었다.

[타겟 - 2층 - 452위.]

맘 같아선 3순위의 칼 같은 이마 돌기를 흡수하고 싶다.

하지만 당장 접근이 가능한 건 452위가 최선이었다.

온 몸에 난 돌기들이 거의 촘촘한 수준이었고, 이마에도 날카로운 뿔 돌기가 3개 돋아 있었다.

[능력 흡수. 대상: 452위.]

쿠드드득.

[C+급 돌기 숙련도를 흡수했습니다. D-급에서 C+급으로 돌기 숙련도가 업그레이드됩니다.]

전보단 훨씬 만족스럽다.

나는 목적을 이룬 뒤 유유히 리치 핏을 빠져나왔다.

이젠 연속 식사를 막는 자들을 역으로 막을 차례다.

–쓰르르! 그만! 스네이커즈 분들께서 연속 식사를 금지하셨다!

–연속 식사는 금지다!

–그만 쳐 먹으라고!

"쓰라악!"

스네이커즈 후보들이 본보기로 마물 몇을 죽이기 시작했다.

방금 수십 수백을 죽인 자들이라 그런지 기세가 흉폭 했다.

이런 식이면 금세 연속 식사 현상이 사그라질 거다.

–너희들이 그만해라! 지시를 제대로 안 들은 것이냐?

–쓰륵! 죄송합니다! 무슨 말씀이신지?

나는 스네이커즈 후보들을 막아섰다.

그리곤 분노의 감정을 담은 페로몬을 뿌렸다.

–제대로 쳐 듣고 임무를 수행하란 말이다! 2층의 바깥쪽으로부터 연속 식사를 막으라고. 바깥으로부터 몰아서 가운데에 연속 식사자들을 가둘 것이다. 한꺼번에 3순위님이 공표를 하실 거야!

내 서열을 보고 후보들은 당연히 내가 스네이커즈라 생각했다.

애초에 내 태도나 말투 자체가 그러했다.

–아! 죄송합니다! 미처 듣지 못했습니다!

-당장 다른 후보들에게 전달해라! 명령이다! 왜 너희들을 둥그렇게 감싸고 싸움을 붙였을 거 같냐? 다 연습이었다.

저들의 지능에 적합한 거짓말도 속삭여주었다.

후보들은 완전히 설득당한 거 같았다.

-쓰륵! 알겠습니다!

나는 그런 식으로 급히 후보들에게 거짓 정보를 퍼뜨렸다.

연속 식사 처단을 당장 막진 않아도, 일단 그들의 동선을 최대한 교란시키는 거였다.

-쓰륵! 죄송합니다! 전달하겠습니다!

약 50마리 정도의 후보에게 전달하자, 나머지 역시 완전히 교란 상태에 빠졌다.

서로 전달하여 급히 2층 외곽 쪽으로 이동하는 것이었다.

"쓰르흐."

이제 남은 건 2차로 올 스네이커즈에 대비하는 것이었다.

이번엔 일방적 서열로 거짓말이 안 될 것이다.

폐기물 식사를 하며 머리를 굴렸다.

장기적이 아니어도 된다. 순간적으로 연속 식사자들을 2만으로 만들면 된다.

"쓰르르르."

나는 연속 식사자들에게 2차로 교란 정보를 퍼뜨리기 시작했다.

다수의 군집 지점을 조작하기 위하여.

스네이커즈 후보들은 리치 핏이 있는 왼편 외곽 쪽으로 이동했다.

-스네이커즈가 모든 연속 식사자들을 죽이려고 할 것이다! 오른쪽 외곽으로 이동하라!

-쓰르륵! 그게 정말입니까!

-몇 만이 죽는 걸 지켜볼 순 없었다. 내 서열을 보고도 의심을 하는가!

-아닙니다! 은혜로운 분 덕분에 삽니다!

2층에서 스네이커즈를 모르는 존재는 없었다.

층 내에선 최강의 존재들이며 유일무이한 무력 단체였다.

-어서 도망가라! 다른 연속 식사자들에게도 알려!

연속 식사자들 전부를 구할 순 없을 것이다.

하지만 구석에 몰아넣으면 2만으로 불리는 데 유리할 것이다.

-주변에 있다가 괜히 너희들까지 휩쓸려 죽을 수가 있어! 같이 도망가라!

-쓰르륵! 그리 말씀하신다면 따르겠습니다, 우월하신 분이시여!

내 말에 수백 마리가 구석으로 향하기 시작했다.

아직 스네이커즈들이 도착하지 않았다.

최소 수천을 오른편 외곽으로 몰아넣어야 한다.

-연속 식사자들은 들어라!

나는 더더욱 바삐 움직였다.

40cm가 넘어가는 우월한 몸은 빠르고 정확한 이동을 가능케 했다.

수많은 마물들이 쩌렁쩌렁한 내 페로몬에 귀를 기울였다.

나는 아름다운 돌기를 자랑하며 그들에게 확신에 찬 어조로 페로몬을 뿌렸다.

❖

연속 식사자들을 한 곳으로 몰면서도 계속해서 걱정했다.

금세라도 스네이커즈들이 도착할 거 같았다.

나 스스로는 거짓말을 잘하면 위기를 모면할 수 있을 터였다.

스네이커즈들은 하찮은 연속 식사자들보단 내 말을 믿을 테니.

하지만 결과적으론 연속 식사가 처단 당하게 된다.

"쓰르흐흐."

다행히 상황은 순조롭게 흘러갔다.

곧 도착할 줄 알았던 스네이커즈들이 모습을 드러내지 않았다.

그렇다면 가장 큰 가능성은, 내가 벌인 1차 교란 때문에 상황이 지연되는 것이었다.

외곽으로 이동하는 후보들 때문에 잔뜩 혼란이 벌어졌겠지.

그 사이 나는 정말 많은 연속 식사자들을 설득했다.

[퀘스트 가이드: 현재 연속 식사자 - 5113]

현재는 숫자가 떨어진 게 호조였다.

그만큼 많은 연속 식사자들이 식사를 멈추고 오른편 외곽으로 이동 중이란 뜻이니까.

-어서 도망가라!

-죽기 싫으면 도망쳐!

-희석 능력이 문제가 아냐!

군중의 움직임은 파급력이 컸다.

수십이 움직이면 수백이 관심을 가졌다.

수백이 움직이면 수천이 동화되어 위기의식을 느끼고 합류했다.

그야말로 눈덩이가 불어나는 것 같은 원리였다.

"쓰르르르!"

"쓰르으으."

그렇게 원래 의도한 거보다 더 많은 2층 마물들이 오른편 외곽으로 이동했다.

엄청난 규모의 마물들이 마침내 오른편 구석 지역에 모여들었다.

다행히 리치 핏 것보단 못하지만, 제법 쓸 만한 천장 구멍이 위치해 있었다.

진득한 배설물 폭포가 콸콸 쏟아지고 있었다.

❖

－모두 들어라! 내가 너희들을 구한 장본인이다! 스네이커즈에게 죽임 당할 위험을 무릅쓰고 이렇게 너희를 구했다!

－감사합니다, 아름다운 분이시여!

－감사합니다!

구석에는 최소 3만의 마물이 모여든 상태였다.

10억이 넘어가는 인구에 비하면 그리 대단한 일도 아니었다.

－오오, 아름다운 분 덕분에 살았어!

나는 단순히 서열이 높은 게 아니었다.

모여든 마물들보다 까마득히 덩치가 크고 강할 뿐 아니라, 확연히 눈에 띄는 돌기를 두르고 있었다.

－나를 보아라! 희석 능력을 즐길 뿐 아니라 크고 강하다! 게다가 돌기를 두르고 있어 굶어죽을 걱정도, 잡아먹힐 걱정도 없다!

나는 그야말로 3만의 마물들에게 영웅으로 비추어졌다.

내 페로몬이 들리지 않는 마물들은 군중의 웅성거림으로

메시지를 전달 받았다.

　–이 모든 것을 나는 연속 식사로 이루었다!

"쓰르르르!"

"쓰라라라!"

3만의 마물들이 호응을 보내듯 시끄럽게 혀를 떨었다.

분위기가 극대로 고조되고 있었다.

이런 대형사기를 치는 근거는 순전히 내 서열이었다.

　–나는 자애로운 스네이커즈니라! 그게 진짜 우월한 자의 책임이라고 생각한다! 그래서 너희들도 나처럼 되기 위해 연속 식사를 하기 바란다!

"쓰르르라라!"

　–하지만 위협을 받은 스네이커즈들이 너희를 깡그리 죽이려 하고 있어! 그러니 지금은 여기서 연속 식사를 해라. 내가 신호를 주면 2층 전역으로 퍼져! 그리고 당분간은 몸을 사리도록 해라!

　–알겠습니다!

　–말씀하신 대로 하겠습니다, 아름다운 분이시여!

3만의 마물들이 일제히 목소리를 모았다.

머리가 찡할 정도의 페로몬이 내게 집중됐다.

　–자! 짧게나마 축제를 시작하자! 너희들도 우월해질 권리가 있다!

　–우와! 위대하고 아름다운 분과 같이 식사를 할 수 있다니!

내가 먼저 연속 식사를 시작했다.

마치 그것이 대단히 즐거운 일인 냥 연기했다.

적어도 희석 능력 덕분에 실제로도 고통스럽거나 역하진 않았다.

─쓰르르! 우리도 어서 시작하자!

3만의 마물들이 완전히 내게 동화되어 연속 식사를 시작했다.

원래 연속 식사를 믿지 않거나 포기했던 자들도 마찬가지로 합류했다.

[퀘스트 가이드: 현재 연속 식사자 ─ 1만 303]

좋았어.

[퀘스트 가이드: 현재 연속 식사자 ─ 1만 6713]

순식간에 숫자가 오르기 시작했다.

나는 연속 식사를 하는 척 하며 조금씩 2층 중앙 지역으로 이동했다.

스네이커즈의 동향을 살펴야 했다.

[퀘스트 가이드: 현재 연속 식사자 ─ 1만 9903]

드디어 고지가 눈앞이다.

─쓰르르르! 연속 식사자들이 여기 있다!

─찾았다! 전부 처단하라!

[퀘스트 가이드: 현재 연속 식사자 ─ 2만 4032]

되었다.

나는 목적을 달성했다.

때 마침 스네이커즈들이 후보들을 거느리고 나타났다.

무시무시한 규모와 속도였다.

-전부 찢어 죽여!

-연속 식사자들을 처단하라!

-여기 있습니다! 제가 먼저 정찰을 왔습니다!

나는 반가운 기색으로 스네이커즈들을 맞이했다.

-잘했다! 어서 하찮은 생태계 파괴자들을 처단해라!

나는 슬그머니 스네이커즈들과 섞여 연속 식사자들을 공격했다.

그러면서 맘 한편으로 정말 미안하고 죄스런 감정을 느꼈다.

나 때문에 모여든 자들인데.

정말 나를 영웅으로 치켜 준 자들인데.

이번엔 정말 크게 죄책감이 느껴졌다.

"쓰르르."

그럼에도 어쩔 수 없었다.

나는 이미 선택을 했다.

500레벨 업을 하찮은 2층 마물들 때문에 포기할 순 없었다.

나는 끊임없이 위로 향해야만 한다.

[퀘스트 완료. 보상이 지급됩니다. 실시간 육체 개조를 시작합니다.]

"쓰라아아악!"

온 몸이 뜨겁게 달아올랐다.

그러면서 몸이 녹아내릴 듯이 떨리고 흔들렸다.

"쓰륵!"

매 순간 몸이 부풀어 올랐다.

그러면서 순식간에 자리를 잡아 단단한 근육을 형성했다.

그 위를 촘촘하면서도 단단한 돌기들이 뒤덮었다.

온 몸이 거칠고 날카로운 돌기로 뒤덮이게 되었다.

"쓰르르르."

어지러운 중에서 나는 개조에 가까운 성장을 마쳤다.

−레벨 업! [Lv.3903 / 힘: 3,903 / 민첩: 3,903]

[카몬 − 2층 − 11위.]

되었다.

이 정도면 매우 큰 폭으로 서열이 올라간 것이었다.

[리치 핏으로 이동하라.]

나는 연속 식사자들을 뒤로 하고 리치 핏으로 빠르게 기어갔다.

이번엔 퀘스트가 아닌 단순 지령이었다.

마치 올림푸스에서 주홍 실이 길을 알려준 것과 비슷한 경우 같았다.

"쓰르르!"

뭔가 그림이 그려지기 시작했다.

뫼비우스 초끈의 의도는 바로 이것이었나!

사회 현상이나 연속 식사 등은 중요한 게 아니었다.

이 거대한 현상의 중점은 역시 스네이커즈였다.

"쓰르."

결국 난 1위를 제거하고 3층으로 올라가야 한다.

하지만 스네이커즈처럼 조직력이 뛰어난 호위대가 있으면 그 과정이 매우 힘들어진다.

하지만 지금은 설대 대다수가 오른편 구석에 몰려 있는 상태.

리치 핏엔 오로지 소수 엘리트들만 존재할 것이다.

그럼 내게 무수히 많은 기회가 주어진다.

연속 식사자들을 다 죽이진 않을 것이다. 경고하고 처단하는 과정은 꽤 시간이 걸릴 테지.

-쓰르흐. 지금쯤 신나게 한 판이 벌어지고 있겠지요?

-그래! 오늘 2층 동족들이 너무 많이 죽는 거 같긴 하다만, 생태계를 위해선 어쩔 수 없다.

-물론입니다. 저희 같이 우월한 자들이 눈감고 외면해야 하는 책임이지요.

-자! 계속하자. 우리끼리의 우월한 유희를! 오늘 죽은 동족들을 기려야지!

-물론입니다!

리치 핏에 도착하자 과연 열 마리의 스네이커즈밖에 없었다.

1위를 포함한 최상위 스네이커즈들이었다.

스네이커즈들은 서로 돌기를 휘두르며 대련을 했다.

"쓰라!"

카드득!

-언제 그렇듯 참 날카롭군. 내겐 어림도 없지만!

3위가 2위에게 칼 같은 이마 돌기를 휘둘렀다.

그럼에도 2위는 여유롭게 몸통 돌기로 칼 돌기를 받아냈다.

2위의 돌기는 하나하나가 방패처럼 네모나고 굵었다. 정말 갑옷 같은 돌기였다.

나는 슬쩍 그들에게 다가갔다.

-네가 11위라고? 못 보던 놈인데. 어떻게 된 거지?

-불 뿜는 거인이 다녀간 뒤로 서열이 바뀌었습니다.

-그런가. 11위는 멀쩡했던 걸로 아는데.

-설마 다시 온 건가! 놈이!

스네이커즈들이 웅성거리는 틈에 거리를 더더욱 좁혔다.

이제 신나게 수집할 차례다.

일단 칼 같은 이마 돌기부터 시작이다.

[능력 흡수. 대상: 3위.]

드디어 탐냈던 돌기 능력을 흡수할 수 있었다.

[능력 흡수 완료. 특성화 공격형 이마 돌기를 흡수했습니다.]

[이미 일반 돌기의 숙력도가 A급입니다.]

11위 정도가 되면 이미 패시브 형태의 돌기는 최상급으로 발달한다.

대신 3위가 가진 특성화 돌기는 따로 개별 된 자연 각성 능력이었다.

그래서 더더욱 흡수하는 게 의미가 있지.

[공격형 이마 돌기 해제.]

나는 이마가 간질거리는 걸 느끼고 얼른 공격형 이마 돌기를 숨겼다.

벌써 티를 내면 안 돼지.

아직 최상위 스네이커즈가 10마리나 뭉쳐 있다.

홀로 한꺼번에 상대할 수 없는 정도였다.

─쓰르르. 말해보아라. 정말 불 뿜는 거인이 다시 나타난 것이야?

─대체 왜 135층에서 겨우 2층에 관심을 가지는 거야?

─135층! 상상도 안 가도록 높은 곳인데.

스네이커즈들이 혼란에 빠졌다.

2층에서나 최강자지, 디룩스 앞에선 그들도 똑같이 벌레나 다름없었다.

─아닙니다. 다시 온 건 아니에요.

─설마……. 네가 11위를 죽인 거냐?

─쓰르르. 허락 없이 스네이커즈를 죽이는 건 중벌을 받을 죄다!

-아닙니다. 전 억울합니다.

-여러모로 의심스럽군. 원래 스네이커즈이긴 했어?

머리통을 우월자들에게 향했다.

-물론입니다.

-그렇군.

내 예절 방식을 보고 최상위 우월자들이 수긍하듯 고개를 끄덕였다.

여러모로 유용하게 써먹는군.

나는 2순위를 바라보았다.

아직 능력 수집은 끝나지 않았다.

-일단 대련을 계속한다! 특별히 11위 너도 관람을 허락해주지.

-감사합니다.

[능력 흡수. 대상: 2위.]

쿠드드득.

[능력 흡수 완료. 특성화 방어형 몸통 돌기를 흡수했습니다.]

[이미 돌기의 숙력도가 A급입니다.]

[특성화 방어형 돌기 해제.]

3위로부터 창이나 다름없는 돌기를 얻었다면, 2위로부터는 방패나 다름없는 돌기를 얻었다.

저 둘은 하나밖에 사용할 수 없지만 난 둘 다를 보유하고 있다.

물론 아직 뫼비우스 초끈의 숙련도가 낮아서 둘 다 사용할 순 없었다.

적어도 번갈아 사용할 순 있다.

"쓰르르르!"

카드드득!

이번엔 7위와 8위가 대련을 벌이기 시작했다.

최고로 발달한 돌기로 서로를 조이며 잔뜩 힘겨루기를 했다.

과연 힘의 균형이 거의 박빙일 정도로 비슷했다.

−저어, 대련 중에 죄송합니다만. 하나 부탁을 드려도 될까요.

−말해보아라!

−서열이 뒤바뀌기 전, 전 멀찍이서만 가장 우월하신 스네이커즈님을 바라보았습니다. 항상 그 아름다운 돌기를 흠모했지요.

−쓰르르. 나를 말하는 것이냐!

[달텅 − 2층 − 1위.]

그야말로 깔끔하고도 단순명료한 서열 정보였다.

2층의 최고 서열자.

1위.

흥미롭게도 2위나 3위에 비해 별로 돌기가 특출 난 게 없었다.

4위부터 10위처럼 그저 완성도 높은 패시브 돌기만 지니고 있었다.

그만큼 더 위험하단 거겠지.

—그러하옵니다.

머리통을 달텅을 향해 숙였다.

달텅이 만족스러운 듯 혀를 꺼내 떨었다.

막 11위가 된 자가 평생 자신을 존경하고 바라봤다니, 기분이 좋을 수밖에 없었다.

—쓰르르. 뭐, 이해 못할 일은 아니지! 그런데 무슨 부탁을 하고 싶다는 것이냐.

—위대하신 달텅님을 가까이서 보고 싶습니다. 그 돌기들을 하나하나 눈으로 살피고 싶습니다. 제 소원입니다.

—쓰르르. 고약한 취향이군. 이해 못할 바는 아니다만! 근데 2위나 3위에 비해 내 돌기는 평범한 편일 텐데?

달텅도 알고 있었다.

겉으로 보면 그는 의외로 1위 같아 보이지 않는다는 거.

10위권 내로 스네이커즈들의 덩치는 얼추 다 비슷했다.

—쓰르. 하지만 최강자의 돌기라는 면이 더더욱 아름다운 거 같습니다. 단순히 보이는 것 외에도 말이지요!

—쓰르르. 좋다. 허락한다.

최강자라는 말이 맘에 들었는지 달텅이 흔쾌히 구경하는 걸 허락했다.

7위와 8위가 계속 대련을 벌이는 중에서 난 달텅에게 다가갔다.

뫼비우스 초끈이 결국 모든 걸 의도한 것이구나.

호위대가 있었으면 절대 쉽지 않았을 것이다.

다가가는 것조차 말이다.

헌데 스네이커즈 대다수가 자리를 텅 비운 지금은, 맘껏 1,2,3위의 능력을 흡수할 수 있었다.

-역시 아름답습니다. 역시 최강자의 돌기라 그런지, 자세히 살펴보니 그 선이 아름답고 부드럽습니다.

[능력 흡수. 대상: 1위.]

-쓰르히히! 그런가? 그런 줄은 몰랐는데 그런가 보군! 이해 못할 일은 아냐!

[능력 흡수 완료. 부식 독 분비 능력을 터득했습니다. 그에 따른 감각과 숙련도도 함께 흡수합니다.]

아하.

이거였구나.

우즈와 비슷하면서도 아예 격이 다른 수준의 무기다.

우즈가 단순히 마비독 더듬이를 휘둘렀던 것에 반해, 달텅은 부식 독을 뱉어낼 수 있었다.

물어서 직접 주입하는 건 물론 원거리에서 발사하는 것도 가능했다.

희석 능력을 아주 오랜 기간 사용하다 추가로 자연 각성한 것일 테다.

"쓰르흐흐."

되었다. 이제 3가지의 특수 능력을 보유하게 됐다.

창과 방패. 그리고 독.

3가지를 번갈아 가면서 사용하면 결국 1위를 제거할 수 있을 것이다.

-왜 웃는 것이냐.

스네이커즈가 돌아오기 전이 내게 주어진 유일한 기회다.

사회 현상이 가라앉고 다시 스네이커즈가 리치 핏을 꿰차면, 또 다른 기회를 한참이나 기다려야 한다.

-위대하신 달텅님. 대단하신 분을 가까이서 뵙고 나니 뜨거운 전투 열의가 끓어오릅니다. 감히 저도 대련에 참여해도 될까요!

내 말에 달텅이 혀를 내밀며 반가운 기색을 드러냈다.

-오오! 바로 그것이다. 우월한 스네이커즈는 단순히 희석하여 식사하는 것 이상의 무언가를 가져야 한다! 허락한다!

-제법이구나, 새로운 11위.

-안 그래도 이번 대련 후에 시키려 했는데. 자청하다니.

2위와 3위가 흥미롭다는 듯이 말했다.

-10위. 네가 가서 싸워주어라. 죽이진 말고. 쓰르르.

-당연하지요.

10위가 나아왔다.

나는 일단 천천히 10위에게 다가갔다.

-어디 얼마나 잘 조이나 보자꾸나.

10위가 먼저 내 몸을 감았다.

나도 지지 않고 10위의 몸을 감아 8자 형으로 힘겨루기를 했다.

까드드득.

힘을 겨루는 중에서 나는 눈빛을 빛냈다.

[각성.]

콰득!

"쓰라악!"

순간적으로 10위의 돌기들이 깨지기 시작했다.

나는 각성하며 눈에 띄게 덩치가 커졌다.

-무슨!

"쓰레엑!"

-신입! 죽여서는 안 된다!

나는 그 말을 못 들은 척 하고 힘이 빠진 10위의 목을 휘감았다.

그리곤 댕강 강력한 조이기로 10위의 목을 절단시켰다.

-레벨 업! [Lv.3983 / 힘: 3,983 / 민첩: 3,983]

동족 포식을 반복하며 추가로 깨달은 점이 있다.

위로 갈수록 성장 폭이 작아지지만, 그만큼 강한 자를 잡아먹으면 얻는 경험치도 많다는 것.

[카몬 - 1층 - 6위.]

한순간 나는 5단계를 건너 뛰어 6위가 되었다.

스네이커즈를 대련 중에 죽였다는 것과, 갑자기 변한 서열에 우월자들이 심히 당황했다.

-이, 이게 어떻게 된 일이냐!

-스네이커즈를 죽이다니! 네가 미쳤구나!

분노하는 달텅에게 조용히 페로몬을 던졌다.

-죄송합니다. 너무 전투에 몰입하여 미처 듣지 못했습니다! 속죄하는 의미로 4위님과 대련을 벌이겠습니다. 대신 4위님이 절 죽이셔도 달게 처벌을 받겠습니다. 사실 제겐 서열을 숨기는 능력이 있었습니다.

-4위! 죽지 않을 만큼만 고통을 맛보여주어라! 겨우 6위 서열을 숨기고 있었다고 내 앞에서 건방을 떨다니!

-예! 겁 없는 신입 놈! 감히 우리 앞에서 힘자랑을 하다니!

4위가 다가오기 시작했다.

비록 죽어도 상관없다고 말했지만, 진정한 속뜻은 그게 아니었다.

내가 4위를 죽여서 잡아먹겠다는 것이었다.

각성한 상태라 얼추 4위와 힘이 비슷할 것이다.

-내장이 터지는 고통이 뭔지 느끼게 해주마!

-달게 받겠습니다!

4위와 8자 형으로 엮어서 힘겨루기를 했다.

예상대로 4위는 전혀 힘으로 날 압도하지 못했다.

그래서 내심 당황하는 거 같았다.

-역시 강력하십니다. 힘겹군요.

나는 힘들어하는 연기를 하며 눈으로 1,2,3위를 살폈다.

독을 뿜는 달텅을 창과 방패가 나란히 지키고 있다.

저들을 어떻게 하면 효과적으로 죽일 수 있을까.

까드드득.

워낙 힘겨루기가 여유로워서 머릿속으로 전략을 고민할 수 있었다.

그것을 모르고 4위는 서서히 승기를 잡는다 생각했다.

그래서 무리하게 힘을 소진했다.

-쓰르르! 이제 죽을 것 같으냐!

"쓰라아악!"

난 매우 기계적으로 비명을 질러주었다.

좀 더 시간을 벌어야 한다.

"쓰르르."

마침내 달텅을 죽일 매우 짧고 극적인 전략이 생각났다.

쉽지는 않겠지만 여러 차례 계산해보면 가장 확률이 높았다.

어차피 여기까지 오는 것도 가장 높은 확률과 뫼비우스 초끈을 본능적으로 따른 덕이었다.

애초에 안전하고 확실한 선택지는 없었다.

-쓰르르! 6위! 제법 버티는구나. 목숨을 구걸해보아라!

내가 말이 없자 4위는 내가 죽어가는 것이라 생각했다.

-그 반대 아닐까요.

[공격형 돌기 활성화.]

쿠드드득!

순식간에 내 이마로부터 3위의 것과 똑같은 돌기가 자라났다.

기대한 대로 활성화 속도는 매우 빨랐다.

한순간 모든 최상위 스네이커즈가 충격을 받았다.

-무, 무슨!

-저건!

-대련은 끝인 거 같습니다, 선배님!

콰직!

칼 같은 돌기로 4위의 머리를 들이박았다.

머리가 꿰뚫어진 4위는 그대로 즉사하고 말았다.

나는 돌기가 물렁해진 4위를 꿀꺽 삼켜 넘겼다.

-레벨 업! [Lv.4033 / 힘: 4.033 / 민첩: 4.033]

빤히 달텅을 노려보면서.

-이제야 알겠군. 11위가 된 것도 스네이커즈를 잡아먹어서였어. 진즉부터 노리고 리치 핏에 들어온 놈이다!

-왜. 네가 좋아하는 전투적인 스네이커즈잖아.

-저런 미친! 감히 달텅님에게! 그런 더러운 말버릇을!

계산한 대로 달텅을 도발했다.

그에 따라 2위와 3위가 분노하며 내게 기어오기 시작했다.

워낙 극적인 상황이고 흥분한 상태라, 어느새 내 서열이 2위로 오른 건 모르고 있었다.

─내가 정한 질서를 따르지 않는 스네이커즈는 필요 없다! 죽여라!

달텅이 직접 나서지 않고 2위와 3위를 보냈다.

나야 고맙지.

─제대로 이마 돌기 쓰는 법을 알려주마!

[방어형 돌기 활성화.]

쿠드드득.

몸을 방패 같은 돌기들로 둘렀다.

그리곤 머리로 들이박으려는 전3위─현4위를 꼬리로 후려쳤다.

"쓰락!"

티딕.

전에 봤을 때 방패형 돌기를 가진 놈이 공격형 돌기를 가진 놈보다 서열이 높았었다.

그 얘긴 방패형 돌기가 결국 더 단단하고 강하다는 것이었다.

과연 현4위의 이마 돌기 일부가 손상을 입었다.

─한꺼번에 공격해라!

현3위와 4위가 한꺼번에 달려들었다.

현3위는 몸으로 나를 감싸 붙잡으려 했고, 그 틈에 현4위가 이마 돌기로 내 머리를 꿰뚫으려 했다.

[부식 독 분비 활성화.]

"쓰라라!"

"쓰락!"

방패 돌기를 가진 현3위의 얼굴에 부식 독을 뿜었다.

놈은 순간 멈칫하고는 미친 듯이 온 몸을 배배 꼬기 시작했다.

눈과 얼굴이 녹는 고통에 어쩔 줄 몰라 하는 것이었다.

얼굴 쪽 방패형 돌기는 당연히 더 작고 얇았다.

-이, 이럴 수는 없다!

그 사이 단단한 방패형 돌기로 현4위의 목을 휘감았다.

그리곤 그대로 놈의 머리를 현3위의 얼굴에 내리찍었다.

"쓰락!"

현3위는 결국 현4위의 이마 돌기에 즉사하게 됐다.

부식 독은 철저히 현3위를 보호하던 머리통 쪽 돌기들을 전부 녹여주었다.

"쓰라아악!"

현4위가 혼란에 빠져 비명을 질렀다.

[각성.]

뚜둑.

나는 강력한 힘으로 현4위의 목을 꺾어버렸다.

"쓰라라!"

치이익!

달텅이 기습적으로 부식 독을 날렸다.

나는 얼른 피했지만 몸통의 방패형 돌기 일부가 녹아내렸다. 추가 피해는 없었다.

-쓰르르르. 놀랍구나. 우리 최상위 우월자들의 능력 모두를 가지고 있었다니! 야욕을 품고 리치 핏에 기어올 만해.

-너만 남았다.

다른 스네이커즈들은 차마 덤벼들 생각을 못하고 구경만 했다.

이마 돌기에 간단히 죽어버릴 자들이니, 섣불리 움직이지 못했다.

달텅도 그들에겐 기대도 하지 않았다.

-어떤가. 내 옆에서 머무는 것이! 여전히 내가 서열 1위이다. 무슨 뜻인지 알겠지? 지금 충성을 맹세하면 용서해주고 내 심복으로 삼아주겠다!

-무슨 뜻인지 정확히 알지.

-쓰르르. 그래!

-너를 반드시 잡아먹어야 내가 원하는 목적을 이룰 수있다는 것!

-이런 건방진 놈!

"쓰라라!"

달텅이 다시 부식 독을 뿜기 시작했다.

나는 죽어 있는 현3위의 시체를 달텅에게 집어던졌다.

그리곤 나도 마찬가지로 부식 독을 뱉었다.

"쓰라아악!"

방패 돌기는 워낙 단단해 부식 독을 녹는 것으로 상쇄시킬 수 있었다. 몸통 쪽 굵은 돌기라면.

반면 일반 패시브 돌기는 완전히 부식 독을 받아내지 못했다.

"쓰라아악! 쓰렉!"

달텅은 미친 듯이 고통스러워하기 시작했다.

거기다 대고 난 한 번 더 부식독을 쐈다.

이번엔 머리 쪽이었다.

ㅡ직접 맞아보니 보통이 아니지? 과연 1위다운 능력이야!

치이이익.

"쓰레에에엑!"

달텅이 모든 사력을 다해 몸을 뒤틀었다.

그래도 결코 머리가 녹아내리는 고통을 버틸 순 없었다.

끝내 머릿속 절반이 텅 비게 된 놈은 허무하게 턱 바닥에 가라앉았다.

ㅡ말도 안 돼……. 홀로 2위님, 3위님을 모두 죽였어!

ㅡ그것도…… 달텅님까지!

ㅡ세 가지 능력을 모두 가지신 분이다!

-받들어라! 새로운 최강자께서 등장하셨다! 저 분이야말로 진정한 최강자야!

-절대 누구도 이기지 못할 것이다!

남은 스네이커즈들이 급격히 나를 칭송했다.

서열 본능에 따른 자연스럽고 급격한 태도 변화였다.

나는 주욱 스네이커즈들을 둘러봤다.

올라가기 직전 한 차례 정리를 할 생각이다.

다음 1위가 될 놈을 위해서.

-오늘 후보 뽑는 과정을 기억하지?

-물론입니다, 최강자님!

-찬성했던 놈들은 왼 편에 서라. 반대했던 놈들은 오른 편에 서고. 찬반보단 거짓으로 행동하는 자가 죽임을 당할 것이다!

그렇게 말하자 남은 스네이커즈가 둘로 갈렸다.

"쓰라라라!"

왼 편 놈들에게 부식 독을 뿜었다.

"쓰레에에엑!"

남은 스네이커즈는 이제 셋뿐이었다.

나는 그들에게 차분한 어조로 말했다.

-나는 3층으로 올라갈 것이다. 너희들이 이제 최고 서열자야. 서열 가지고 거들먹거리는 건 이해하겠다만, 몇 천 마물을 모아서 유희를 벌이는 짓은 하지 말거라.

-명심하겠나이다!

[1인자 등극을 축하합니다. 3층으로 신분상승하시겠습니까? 아니면 2층의 특혜를 누리며 안정적인 삶을 택하시겠습니까?]

내 답은 확고했다.

❖

나는 신분상승을 택했다.

확실히 1층에 비해 2층은 흥미로운 생태계였다.

모두가 대화가 가능하단 점 하나로 많은 차이점들이 파생됐다.

특히 하나의 물결처럼 움직이던 스네이커즈의 조직력은 인상 깊었다.

[3층에 오신 걸 환영합니다. 생존하세요.]

하지만 그게 전부였다.

전준국이 135층에 서식한다는 걸 안 이상 멈출 생각이 없다.

언제 또 놈이 뫼비우스 초끈을 뺏으려 하강할지 모른다.

그 전에 놈에게 맞설 수 있는 힘과 서열을 갖춰야 한다.

점점 더 많은 마물들과 마력 랜턴을 아래로 내려 보낼 게 뻔했다.

위로 올라가는 게, 안전히 도망치는 것인 동시에 맞설 준비를 하는 것이었다.

"꿀럭!"

3층으로 상승하자 이번에도 새로운 육신을 얻게 됐다.

나는 주변을 둘러본 다음 내 스스로를 살폈다.

이젠 동그란 몸체에 다리가 2개 붙어 있었다.

눈이 2개라 시력이 개선됐고, 피부는 파충류 같은 종류였다.

그에 더해 주둥이 옆에 주머니 같은 것이 하나 달려있었다.

[남은 생존 시간: 59분 59초.]

가장 중요하게도 압도적으로 생존 시간이 길어졌다.

2층에 비한다면 매우 우월한 생존력이었다.

"꿀럭!"

아무리 2층 마물들이 뱀 같고 전투력이 강하다지만, 애초에 생존 능력이 제한된 하급 마물들이었다.

3분도 1층에 비하면 길어진 것이긴 하다만, 그 자체로는 매우 저급한 수준이었다.

3층 마물은 그래도 식사 여유 시간이 1시간이다.

적어도 식사 그 자체에 얽매이진 않을 거 같았다.

-오. 제법 튼튼하게 지었네.

-당연하지! 이번엔 뺏겨 먹히기 전에 꼭 완성시킬 거야!

-꾸륵! 나와 같이 만들자!

-웃기지 마라. 내가 손해지. 너랑 나눠 먹으면.

여유 시간이 많았기에 찬찬히 3층 환경을 둘러볼 수 있었다.

아쉽게도 아직도 식사 대상은 폐기물이었다.

대신 배설물은 누구도 식사하지 않고 2층으로 흘려보냈다.

철저히 폐기물과 배설물을 분리하여 식사했다.

그도 그럴 것이, 1층과 2층 마물은 식사하는 대상을 소화 기관에서 완전 분해했다. 하지만 3층 마물들은 마침내 배설 능력을 갖추고 있었다.

"꿀락! 꿀럭!"

3층 마물들은 흥미롭게도 곧바로 폐기물을 삼키지 않았다.

한 웅큼 폐기물을 집어 삼키면 주둥이 옆에 달려 있는 주머니가 부풀어 올랐다.

식사 여유 시간이 긴 만큼 뭔가 독특한 식사 메커니즘이 있는 건가.

"꿀럭! 꿀럭!"

가장 좋은 학습법은 직접 경험해 보는 것이다.

어차피 나는 쭉 폐기물을 먹어왔다.

잘못 식사해서 역한 맛을 보더라도 별로 손해 보는 게 없다.

2층 마물들 일부가 희석 능력을 보유했으니, 3층은 더 우월하지 않을까.

꾸르륵.

폐기물을 입에 담으니 본능적으로 주머니가 폐기물을 빨아들였다.

애초에 목구멍은 숨만 쉬는 통로였다.

꾸르르르.

주머니에서 미묘하게 기포 생기는 소리와 감각이 전해졌다.

폐기물이 특수한 방식으로 처리되고 있는 거 같았다.

신기한 기관이네.

꾸르르.

어느 정도 기다리자 주머니가 다시 잠잠해졌다.

대신 확실히 뭔가가 들어있는 부피감이 느껴졌다.

"꿀락!"

주머니에 한 번 더 감각을 보내사 주머니에 담겨 있던 폐기물이 혀 아래쪽으로 흘러내려갔다. 그러면 혀 아래에 뚫려있는 구멍들이 순식간에 처리된 폐기물을 흡수했다.

"끄륵!"

트림이 나왔다.

식사 방식이 참 독특하네. 중간 과정을 걸쳐서 해야 한다니.

"꿀락!"

폐기물을 먹는 게 전혀 역하거나 불쾌하지 않았다.

오히려 살짝 짠맛과 구수한 맛이 느껴지며 이제야 식사하는 기분이 났다.

드디어. 3층부턴 식사가 고통이 아니었다.

그저 형식적인 절차였다.

"꿀락! 꿀라락!"

3층 마물들은 몸통에 붙어 있는 다리 2개로 뒤뚱뒤뚱 걸어 다녔다.

식사가 급하지 않았기에 움직임 자체가 느긋하고 느렸다.

"꿀락!"

나도 주저앉아 사뭇 3층의 풍경을 감상했다.

❖

이제는 던전에서도 여유를 갖출 수 있다니.

확실히 신분상승하길 잘했다.

─그런데 이렇게 잘 보이는 데 만들게? 뺏겨 먹히기 딱 좋을 거 같은데!

─아냐! 오히려 구석진 곳에 두꺼비집이 많아서 포식자들은 거기부터 들르더라고. 그 전에 완성시켜서 먹으려고!

─아아! 똑똑한 걸? 나도 여기에 하나 만들어야겠다.

물끄러미 3층 마물들이 하는 말과 행동을 관찰했다.

2층 마물들은 내내 하는 게 불평불만뿐이었다.

아니면 엉켜서 서로 물어뜯고 싸우거나.

그에 반해 3층 마물들은 느긋하게 식사하다가 뭔가를 만들었다.

주머니에서 처리된 폐기물을 삼키지 않고, 다시 토해내

쌓기 시작하는 것이었다.

"꿀락!"

나는 지켜보고 있던 마물들에게 뒤뚱뒤뚱 걸어갔다.

철퍽!

한쪽에서 높게 뛰어오르는 3층 마물이 보였다.

나중에 성장하면 점프도 가능하겠구나. 항상 뒤뚱거리며 걷는 건 아니 거 같았다.

-저어기, 뭐 좀 여쭤 봐도 될까요.

[Lv.1 / 힘: 0.001 / 민첩: 0.001 / 지구력: 0.001]

[카몬 - 3층 - 9억 8104만 3331위.]

지금 내 수준은 초라하기 그시없었다.

그 때문에 최대한 예의 바르게 마물들에게 말을 걸었다.

-으음? 뭐야.

-한 번 물어보렴.

2층 마물들에 비해 3층 마물들은 비교적 여유가 넘치고 부드러웠다.

2층 마물들은 식사 여유 시간이 그래도 3분으로 제한돼 있어, 항상 페로몬 어투가 빨랐다.

그 때문인지 추가로 날이 서 있고 예민한 편이었다.

그에 반해 3층 마물들은 여러모로 다른 성향을 지니고 있었다.

-뭔가를 열심히 만드시는 거 같던데. 제가 덜 떨어져서 그럽니다. 뭔지 알려주실 수 있나요?

-아아. 이거? 두꺼비 집을 모르는 마물도 있나. 너 생성된 지 얼마 안 됐구나?

-그렇습니다. 가르쳐 주시면 감사하겠습니다.

내 말에 3층 마물 둘이 껄껄 거리며 웃었다.

그리곤 혀로 각자의 뱃살을 쓰다듬었다.

이제 보니 3층 마물들은 기괴한 마물 개구리 같은 외형을 가지고 있었다.

혹이 달려 있는.

나도 그러했다.

-두꺼비 집은 말이지! 우리가 주둥이 옆에 차고 있는 주머니 같은 역할이야. 더 많은 폐기물을 처리할 수 있어. 게다가 충분히 숙성되면 벌레들이 꼬이거든.

벌레? 이 생태계에는 또 다른 종류의 생물체가 사는 건가.

천장을 바라보았다.

너무 작아서 미처 보지 못했는데, 작은 날파리들이 날아다니고 있었다.

위이이잉.

"끄릅!"

척!

내게 설명을 하던 마물이 지나가던 날파리를 혀로 붙잡아 입속으로 넣었다.

-으음. 폐기물도 짭짤하고 좋지만, 이 녀석들이 제대로거든!

-그렇군요. 그럼 두꺼비집을 통하면 더 많은 폐기물을 처리해서 쌓아둘 수 있는 거군요?

-그래. 오래, 많이 보유할수록 좋은 거지.

옆에 있던 마물이 혀를 꺼내 나를 툭 쳤다.

공격적인 뜻은 아닌 거 같았다.

-그래도 조심하라고, 작은 친구. 성질 더럽고 포악한 포식자들에게 걸리면 그대로 두꺼비 집을 뺏겨버리니까! 열심히 지어 놔도 홀라당 먹혀버리지.

-포식자들이요?

내 말에 설명하던 두 3층 마물이 불쾌한 표정을 지었다.

그러면서 굵직한 눈알 두 개를 대록 굴렸다.

-그래. 우리처럼 생겼지만 훨씬 덩치가 크고 욕심이 많아. 더 강하기도 하고!

-서열이 높다고 함부로 우리가 열심히 모으고 만든 두꺼비집을 뺏어 먹지.

-고약한 놈들이야. 안에 정화시킨 폐기물 외에도, 두꺼비 집을 통째로 삼켜!

-내가 듣기로 정말 악독한 놈은, 두꺼비집 말고 동족을 잡아먹기도 한데!

-왜냐하면 그 놈들은 우릴 동족으로 생각 안 하거든. 그냥 두꺼비집 만드는 노예나, 가끔 즐겨 먹는 간식 정도로 생각하지.

원래 서열이 동족 간에도 간격을 만드는 건 알았다.

헌데 여기는 느긋한 만큼 그 간격 차도 더 큰 거 같았다.

아예 동족으로 생각 안 하는 간격도 있는 거구나.

여러모로 약하고 하찮을 땐 조심해야겠다.

-감사합니다.

-그래! 너도 한 번 두꺼비집을 만들어 보라고. 시간 보내기에 이만한 게 없어.

-내가 들었는데 말이지, 포식자나 더 우월한 분들은 두꺼비집으로 더 많은 기능들을 만들어 낸데!

-뭔데?

-나도 모르지!

-꿀랄락! 이런 바보!

뭔가 순덕한 마물들을 뒤로 하고 자리를 바꿨다.

다시금 폐기물을 삼켜 주머니에서 정화시켰다.

다음으론 마물들이 말한 대로 그걸 삼키지 않고 바닥에 토했다.

"꾸웨엑."

다행히 토하는 과정도 별로 고통스럽지 않았다.

톡, 톡.

길고 유연한 혀를 꺼내 토한 정화물질을 동그란 모양으로 만들었다.

"꾸륵."

생각해보면 형태나 구조, 크기에 따라 그 기능이 천차만별로 달라질 것이다.

그럼 3층에는 단순히 약육강식 외에도 건축 요소가 있는 건가.

흥미롭다.

내가 현재 만드는 구조는 동그란 원통형이다.

"꿀럭!"

[남은 생존 시간: 48분 22초.]

음. 잡아먹히기나 뺏기지만 않으면 이제 항상 겪는 고통은 없다.

여전히 위험한 던전이긴 하지만 매순간이 지옥 같진 않은 거 같다.

"꾸르륵."

나는 느긋하게 뒤로 누워 10분을 휴식했다.

던전에서 이런 여유로움이라니.

3층은 정말 좋은 곳이구나.

괜히 기분이 나근해져 20분을 더 쉬었다.

[남은 생존 시간: 18분 12초.]

항상 던전에서 지내는 매순간마다 정신에 염증이 생기는 기분이었다.

헌데 이제는 아니었다.

일부러 멍청하게 던전 천장을 보며 날아다니는 날파리들을 감상했다.

한 번쯤은 이런 게으름을 피워 봐도 되겠지.

앞으로 다시 질주할 거니까.

"꿀꺽!"

정화물질 일부를 식사하고 나머지를 두꺼비 집 재료로 토했다.

[남은 생존 시간: 59분 52초.]

설정한 권능은 학습율1000%였다.

-레벨 업! [Lv.13 / 힘: 0.013 / 민첩: 0.013 / 지구력: 0.013]

혀로 조심스럽게 두꺼비 집을 다듬으니 묘하게 재미가 느껴졌다.

마치 엉성하게나마 조각을 하는 기분이었다.

-내 거다.

소유물의 개념을 몸소 실감했다.

내가 고생하여 만든 두꺼비집을 보니 강한 소유욕이 느껴졌다.

마물의 본능이 더해져 그런지 그 소유욕이 꽤나 강렬했다.

내 몸통이 현재 5cm 정도 높이였다.

그 절반만한 두꺼비집을 완성했다.

혀로 한 웅큼 폐기물을 퍼서 두꺼비집에 넣어두었다.

꾸르르르.

그러자 주머니에서 들린 기포 소리가 두꺼비집에서도 들렸다.

이런 식으로 더 큰 단위의 정화 작업을 할 수 있는 거구나.

그럼 두꺼비집이 크고 많을수록 더 영향력 있는 마물이 되겠구나.

3층은 단순히 자체적인 전투력 뿐 아니라, 재산도 서열에 기여할 거 같았다.

그리 생각하자 뫼비우스 초끈이 지령을 내렸다.

[성공적으로 10cm 높이의 두꺼비집을 완성하여 1회 이상 이용하라. 포식자에게 뺏기지 않고 본인 소유로 유지해야 함. 보상: 추가 레벨 업.]

나는 열심히 주변에 있는 폐기물을 삼키기 시작했다.

3층에선 그게 이상한 행위가 아니었다.

다들 식사 외에도 폐기물을 사용할 목직을 가지고 있었으니까.

3시간 동안 열심히 정화 물질을 모았다.

식사할 때가 아니면 학습률1000%가 필요 없어 각성한 상태로 폐기물을 먹었다.

그래야 혀나 주머니의 크기가 늘어나 정화 물질 생산량이 많아졌다.

"꿀락!"

꽤나 집중해 만들어서 그런가 애착이 간다.

3시간 동안 식사는 최소한으로만 했다.

즉 3번밖에 하지 않았다는 것이다.

동족도 잡아먹지 않았다.

이번엔 오로지 두꺼비 집을 만드는 것에 집중했다.

"꿀라락!"

10cm에 달하는 두꺼비 집을 보자 만족스런 기분이 느껴졌다.

혀를 둘러서 더더욱 두꺼비 집의 외형을 매끈한 원통형으로 만들었다.

심미성에까지 신경을 쓴 것이다.

마지막으론 그 안에 혀로 폐기물을 한 웅큼 떠서 집어넣었다.

만드는 도중에도 꾸준히 폐기물을 채워넣긴 했다.

꾸르르르.

마치 요리를 기다리는 기분이었다.

느긋하게 앉아서 10분을 보냈다.

마침내 기포 소리가 가라앉았을 때, 살짝 뛰어서 두꺼비 집 안을 들여다보았다.

꾸덕꾸덕하던 폐기물들이 한결 부드러워지고 연해진 모습이었다.

이제 먹어도 되겠지.

[Lv.13 / 힘: 0.013 / 민첩: 0.013 / 지구력: 0.013]

두꺼비집에 집중하느라 3시간동안 내 서열은 제자리걸음이었다.

그래도 초조해하지 않았다.

두꺼비집에서 미묘한 가능성을 발견했으므로.

"꿀라락!"

아차. 하마터면 시간을 낭비할 뻔 했다.

정화한 식사를 맛보기 전에 얼른 권능 설정을 바꿨다.

[학습율1000% 활성화.]

"꿀락!"

두꺼비집에 혀를 집어넣었다.

그러자 빨대처럼 매섭게 혀가 정화 물질을 빨아들이기 시작했다.

혀 아래 부분 외에도 혀 자체로 식사가 가능했다.

정화물질에 닿으면 혀 표면에 송송 구멍이 열리며 정화물질을 빨아들였다.

"꾸륵!"

트림이 나왔다.

순식간에 10cm 높이의 두꺼비집에 가득 찬 정화물질을 먹어치웠다.

한순간 배가 불러오는 게 느껴졌다.

-레벨 업! [Lv.213 / 힘: 0.213 / 민첩: 0.213 / 지구력: 0.213]

"꿀락!"

놀란 나머지 맘의 준비를 했음에도 펄쩍 뛰었다.

방금 난 그저 식사를 했을 뿐이었다.

대신 3시간 동안 두꺼비집에 정화되고 압축된 정화물질을 섭취했다.

동족 포식 따위와는 거리가 먼 행위였다.

"꿀르륵."

혹시나 하는 생각이 맞았다.

내게 두꺼비집에 대해 알려준 마물들은 포식자들이 동족보단 두꺼비 집을 더 선호한다고 했다. 단순한 식사 대상 비교였다.

아니나 다를까 두꺼비 집 내부를 살피니, 집어넣은 폐기물들이 정화되는 과정 중에서 잔뜩 압축됐다. 고농축으로 바뀌어간다는 것이었다.

즉 동족 포식 못지않게 두꺼비 집 식사는 효율적인 성장 수단이었다.

그래도 혹시 모르니 동족 포식 효과를 대조해보긴 해야지.

나중엔 날파리 식사도 해보고.

아직은 아니었다.

"꾸르륵."

한꺼번에 성장한 덕분에 혀는 물론 다리 굵기나 덩치가 전체적으로 커졌다.

당연히 주머니와 주둥이도 커진 덕분에 정화 물질 생산량도 늘어났다.

"꿀라락."

이 정도 속도라면 동족 포식을 멀리 해도 기존의 성장 속도를 유지할 수 있겠다.

여러모로 2층보단 3층이 맘에 든다.

"꿀라악!"

-제발! 제발 두꺼비 집만은!

-그 부분이 제일 맛있는데 무슨 소리!

소란스런 광경에 눈길을 돌렸다.

비명을 지른 것은 내게 두꺼비집에 대해 알려준 마물들이었다.

걱정한 대로 포식자들이 두꺼비집을 뺏으러 나타난 거 같았다.

현재 내 덩치의 2배 크기를 가진 마물이었다.

-꾸르르르. 역시 만드는 솜씨가 보통이 아니란 말야!

콰득, 콰득!

포식자라 불리지만 서열이나 덩치만 보면 그냥 하찮은 3층 마물이었다.

단지 다른 훨씬 작은 마물보다 큰 정도였다.

그럼에도 포식자는 맘껏 두꺼비 집 내용물과 두꺼비 집 자체를 삼켰다.

잘게 부서진 두꺼비 집은 고스란히 포식자의 주머니로 들어갔다.

-꿀라락! 잘 먹었다! 다음에 또 찾아오지. 계속 솜씨를 발휘하라고!

"꿀렉! 꿀레에엑!"

억울한 듯 두꺼비집을 뺏긴 마물이 구슬피 울었다.

나도 소유욕을 느껴봤기에 저 심정을 조금 이해할 수 있었다.

-꾸르륵?

자리를 벗어나는가 싶었던 포식자가 내게 눈길을 돌렸다.

제기랄.

나는 각성할까 하다가 참았다.

그래도 저 마물을 이기긴 힘들 것이다.

특히나 별다른 능력도 없는 상태이니.

철퍽!

포식자가 높이 뛰어 순식간에 내 두꺼비 집 앞으로 착지했다.

-너! 네 두꺼비집은 아주 깔끔하게 생겼구나. 먹음직 해.

-드시죠.

나는 빠르게 체념했다.

비록 애착이 가는 두꺼비집이었지만 당장 지킬 방법이 없었다.

그 효과를 경험하고 새로운 성장 수단을 발견한 것만으로도 가치 있는 투자였다.

-꾸르르! 안 그래도 먹을 거야! 아주 매끈한 게, 신기하구나.

포식자는 와그작와그작 내 두꺼비집을 부셔 먹었다.

놈의 탐욕적인 주머니가 더더욱 부풀어 올랐다.

-으음! 나쁘지 않아. 너를 기억해두지.

다음에 볼 땐 저 포식자보다 커져서 놈을 잡아먹어야겠다.

체념했다고 하지만 두꺼비집이 먹히자 열불이 올랐다.

내 3시간을 고스란히 바친 작품인데. 멀쩡했으면 계속 폐기물을 부어서 폭발적으로 레벨 업을 할 수 있었고.

"꾸르르르."

펄쩍 뛰어 멀어지는 포식자를 노려보았다.

아까 마물들이 한 말이 사실이었다.

아무리 두꺼비집을 만들어봤자, 포식자들이 와서 그대로 그 노력을 강탈했다.

미리 먹은 덕에 내용물이나 안 뺏겼으니 다행이었다.

"꿀락."

좀 더 안전하게 두꺼비집을 운영하는 전략이 필요하다.

가장 간단한 방법은 강해져서 함부로 건드리지 못하게 하는 것이지만, 그건 당장 실현 불가한 전략이었다.

"꿀룩."

뒤뚱거리며 3층 곳곳을 살피고 다녔다.

과연 곳곳엔 입이 떡 벌어질 정도로 기괴하고 거대한 두꺼비집이 많았다.

그리고 그러한 두꺼비집은 살벌할 정도로 큰 3층 마물들이 지키고 서 있었다.

나도 얼른 저렇게 되고 싶다.

"꿀락!"

생태계를 쭉 둘러보니 어느 정도 구간이 정해져 있었다.

서열별로 안전 지역이 정해져 있는 것이었다.

그럼에도 완전히 안전한 곳은 3층 리치 핏 뿐이었다. 나머지는 결국 더 큰 포식자들에게 종종 침략을 당했다.

흥미로운 점은, 3층엔 리치 핏이 두군 데였다.

서로 대등할 정도의 부유함을 가진.

"꿀르륵."

그리고 그러한 두 리치 핏에는 성이라고 칭할 정도로 웅장한 두꺼비 집이 자리 잡고 있었다.

우월한 마물들이 합심하여 같이 건설한 것일 테였다.

내가 현재 덩치가 작아서 그런지, 더더욱 웅장해보였다.

"꿀륵."

[2층 출신 추종자를 찾아라. 보상: 레벨 업(+100).]

곧바로 이해가 가진 않는 지령이 나타났다.

여긴 3층인데 2층 출신이라니.

게다가 내 추종자라고 한다.

"꿀라락!"

문득 추측 가는 게 있었다.

사아아아.

내 몸에서 아주 얇은 주홍 실 하나가 흘러나왔다.

[퀘스트 가이드: 추종자에게 향합니다.]

나는 뒤뚱뒤뚱 주홍 실을 따르기 시작했다.

추종자가 생길 줄이야. 게다가 신분상승할 정도로 나를 따르는 자라니.

주홍 실을 계속해서 따라갔다.

1층과 2층 때 모두 홀로 성장하고 싸웠다.

마물들 따위와 상종하고 싶지 않았으니까.

그에 더해서 굳이 나를 따르겠다는 마물이 없었다.

당장 서열이 위이고 더 강하기 때문에 머리를 조아리는 것뿐이었다.

헌데 추종자라니.

사아아아.

주홍 실이 3층 마물들 중 하나에게 스며들어 사라졌다.

[퀘스트 완료. 보상이 즉시 지급됩니다.]

-레벨 업! [Lv.313 / 힘: 0.313 / 민첩: 0.313 / 지구력: 0.313]

범상치 않은 일인지, 추종자를 찾은 것만으로도 레벨이 100이나 올랐다.

추종자로 보이는 마물은 나보다 덩치가 약간 작았다.

마찬가지로 작은 두꺼비 집을 만들어 놓고 그 옆에 앉아 있었다.

-저기.

-예? 오! 위대한 분이시여!

내가 말을 걸자 추종자가 내 페로몬을 알아봤다.

비록 육신은 바뀌었으나, 특유의 개성을 나타내는 페로몬은 바뀌지 않나보다.

그렇게 보면 층이 오를 때마다 대충 아무 육신이나 주어지는 건 아닐 테였다.

아까 본 마물은 생성이란 단어를 썼었는데 말이지.

-혹시 2층에서 올라 왔나.

-그렇습니다! 위대하신 분을 따라왔습니다. 이름을 미처 듣지 못하고 무작정 따라왔네요. 그래도 잘한 일 같습니다. 1시간이나 쉴 수 있다니!

-놀랍구나. 올라왔단 얘기는 1위 자리를 지킬 수 있었다는 얘기인데. 내 이름은 카몬이다.

-반갑습니다, 카몬님. 문구를 보자마자 맘의 결정을 내렸습니다. 사실 2층에서 할 거라곤 불평과 싸움 붙이는 일 뿐인데, 1위 자리라고 해서 크게 맘이 가지 않았습니다. 솔직히 저는 카몬님이나 달텅님처럼 그 자리를 지킬 능력도

없구요. 전 이름이 없습니다. 그간은 순위로 불렸죠.

-그렇군. 제법 현명한 판단을 내린 거 같구나.

2층 마물답지 않게, 내가 짧은 새 느꼈던 싫증을 비슷하게 느낀 거 같다.

녀석은 평생 2층에서 살았을 테니.

그래서 굳이 나 때문이 아니더라도 2층을 탈출하고 싶어 신분상승한 것이었다.

-이름이 없다고?

-그렇습니다. 하나 지어주지 않으시겠습니까?

추종자 마물이 간곡히 부탁했다.

나는 잠시 고민하다가 실짝 웃으며 말했다.

-달텅이 어떠하냐. 그는 이미 죽었고, 너는 2층 출신이니. 내가 기억하기 편할 거 같다.

-오! 달텅님의 이름을 이어받을 수 있다면 정말 좋을 거 같습니다. 카몬님이 더 멋있고 강하지만, 그 분도 오랫동안 제가 올려다 본 최강자시니까요. 제 딴엔 영광일 거 같습니다.

-맘에 든다니 다행이다. 달텅.

"꿀라라!"

내가 이름을 불러주자 달텅이 펄쩍 뛰며 기쁨을 표현했다.

2층에서 온 추종자이기에 꽤 적합한 이름 같았다.

일단 본인이 맘에 들어 하니 되었다.

-달텅. 기특하게도 벌써 두꺼비 집을 만들었구나.

-그렇습니다. 희석해서 먹는 것보다 더 대단한 거 같습니다. 미리 식사할 거리를 만들어 놓을 수 있는 건 물론이고, 새로운 맛이 느껴집니다.

-짠 맛이라고 하는 것이다.

-그렇군요!

달텅을 물끄러미 바라보았다.

당장은 나보다 덩치가 작은 녀석이다.

게다가 나처럼 폭발적으로 성장할 능력도 없다.

-이거 한 번 드셔보시지요! 제가 만든 두꺼비 집 식사입니다!

-오냐. 한 번 먹어보지.

-레벨 업! [Lv.344 / 힘: 0.344 / 민첩: 0.344 / 지구력: 0.344]

하지만 3층은 오묘한 생태계였다.

굳이 내 자체 성장력이 아니더라도, 나중에 두꺼비집이 우월해지면 달텅을 같이 성장시킬 수 있었다.

정말 충성스럽다면, 4층에 데려갈 수 있지 않을까.

당장 3층만 따져도 같이 두꺼비집을 건설할 수 있어 유용한 역할을 할 거 같다.

나는 문득 떠오른 고민을 달텅에게 솔직히 터놓았다.

-달텅. 예상했다시피 나는 3층에 만족할 생각이 없다. 끝없이 올라갈 생각이다.

-역시. 그래서 달텅님보다 더 위대하다고 생각합니다.

1위 자리에 한 순간도 집착하지 않는 모습. 그걸 보고 저도 따라한 면이 없잖아 있습니다.

—4층에 널 데려가지 못할 지도 모른다.

—저도 2층에서 스네이커즈로 생존해왔습니다. 제가 쓸모없다면 버려져도 원망하지 않을 겁니다. 사실 3층만 해도 죽지 않는다면, 만족할 정도인 거 같습니다.

—그럼 나를 최대한 따라오고 싶은 것이냐?

내 물음에 달텅이 흔쾌히 고개를 끄덕였다.

—물론입니다! 이름도 주신 분인데. 꼭 모시고 싶습니다!

정말 쓸모가 없거나, 죽어버린다면 나도 어쩔 수가 없다.

하지만 내가 적절히 도와주는 걸 잘 받아먹어서, 유용한 추종자로 큰다면 충분히 데리고 다닐 만 했다.

적어도 3층에서는 말이다.

평생 2층에서 살아온 마물이 신분상승을 할 정도면 보통 각오는 아니겠지.

—좋다. 따라다니는 걸 허락하겠다. 3층에서 안주하고 싶다면 언제든 솔직히 말해도 좋다.

—네, 카몬님! 아직 저도 새로운 생태계라 별 것 아닌 몸이지만, 최선을 다해 모시겠습니다!

[달텅과 협력하여 15cm 두꺼비집을 만들고 3회 이상 이용하라. 보상: 추가 레벨 업.]

—자, 그럼 두꺼비집을 만들어 보자.

달텅과 협력하여 정화물질을 만들어내기 시작했다.

과연 둘이서 만드니 속도가 더 붙었다.

두꺼비집을 다듬는 과정도 더 편했고.

"꾸웨에엑!"

정화물질을 토하는 달텅을 보자 영감이 떠올랐다.

적정 수준에 오르면 나만의 조직을 형성해도 되겠구나.

그럼 은행의 개념처럼 본격적으로 재산 불리기를 시도해 볼 수 있겠다.

추가로, 낮에 눈을 뜨면 여러 구조학적 건축 자료를 찾아봐야겠다.

더 효과적이고 혁신적인 두꺼비집 건설을 위해.

3층은 확실히 더 많은 잠재성을 품고 있는 생태계였다.

달텅과 열심히 두꺼비집을 만들고 있는데, 급격히 던전이 차가워지는 게 느껴졌다.

밤이 다했다는 뜻이었다.

처음으로 마물과 협력해 뭔가 건설적인 걸 만든다는 재미가 느껴졌는데, 내심 아쉽다.

"꾸웨엑."

열심히 작업 중인 달텅에게 나근나근하게 말했다.

-달텅.

-네, 카몬님!

-곧 내게 무슨 변화가 있을 것이다. 죽는 건 아니고, 어떻게 처리되는 지는 나도 정확히 알지 못한다. 하지만 당분간 나를 보지 못할 것이다.

-어딘가 다녀오시는 건가요?

달텅은 귀찮게 캐묻지 않았다.

추종자의 자세답게 추상적으로만 물었다.

-그렇다. 내가 어떻게 되는 지 봐뒀다가 나중에 보고해다오.

-혹시 내려주실 명령이 있습니까?

-최대한 많은 식사를 하고 두꺼비집을 크게 지어 놓아라. 포식자가 나타나면 대들진 말고. 가장 중요한 것은, 죽지 말아라.

-최선을 다해 명령에 따르겠습니다!

-스네이커즈 출신답구나.

달텅이 3층 마물의 몸으로 내게 머리통을 향했다.

2층 방식으로 예절을 표하는 것이었다.

나는 고개를 끄덕인 뒤 눈을 감았다.

그래도 누군가 던전에서 나를 기다린다는 게 막 싫진 않았다.

눈을 떴다.

아무렇지 않을 줄 알았는데 잠시 몸이 배배 꼬이며 근육
통이 왔다.

"으으윽!"

2층 때 워낙에 격렬히 기어 다니고 몸에 힘을 주어서, 그
감각이 잔상으로 남은 거 같다. 내 몸은 기어 다닐 정도로
유연하거나 단순하지 않았다.

"으으으!"

간신히 일어나 뜨거운 물에 샤워를 했다.

시간 좀 지나자 몸이 배배 꼬이는 게 좀 없어졌다.

3층 마물에 익숙해지면 뒤뚱거리려나.

"푸흡."

내가 마물 개구리로 살며 뒤뚱거렸다니 웃음이 나왔다.

그러고 보니 벌써 3번째 이질적인 육신이었다.

앞으로 얼마나 더 많이 겪어야 할까.

"흠!"

점점 육신의 수준이 우월해질 것이기 때문에 사실 나쁘
기만 한 건 아닌 거 같다.

서열이 올라가는 것 외에도 아예 더 나은 육신을 얻는 건
꽤 특별한 경험이었다.

–오늘은 꼭 나오렴!

3G 폰을 보니 최여진에게 문자가 와 있었다.

이번엔 먼저 연락을 해줬구나!

7시에 온 문자였으니, 눈 뜬지 얼마 되지 않아 연락해준 것이었다.

"푸헤헤헤."

혼자 방에서 바보 같이 웃었다.

나는 얼른 답장을 보냈다.

-안 가려 그랬는데……. 네가 오라니 갈게!

문자를 보낸 뒤 벌떡 일어나서 옷을 갈아입었다.

그리곤 가벼운 발걸음으로 보람 재수학원으로 향했다.

그러고 보니 B반 수업을 듣는 첫 날이네.

뒤처지지 않을까 약간 걱정된다.

[누적 갑질 포인트: 2 포인트.]

게다가 집중을 위해 갑질 포인트를 소모할 대상도 찾아야 했다.

그리 어렵지는 않을 것이다.

학원 내 서열이 나보다 높아도, 사회 서열은 나보다 낮은 사람들이 꽤 있었으니.

자세히 알아보면 사정이 딱한 사람이 여럿이었다.

"여진이……."

여진이도 나보다 높은 A반인데 갑질 명령이 통했었다.

그걸로 필기구를 빌리다 말을 붙이게 됐지.

필기구를 빌릴 당시엔 그녀가 A반이란 걸 당연히 몰랐다.

그 사정을 묻고 싶었지만 참기로 했다.

그렇게 밝은데, 대체 무슨 사정이 있는 걸까.

걱정되는 맘이 들었다.

"형, 안녕하세요."

"어, 그래. 학원 가?"

어색하게도 박동준 형과 만났다.

그에 따라 어색하게 인사를 나눴다.

"오늘은 같이 수업 못 듣겠네."

"밥이라도 같이 드실래요?"

저번에 자연스레 상황을 넘기지 못한 게 맘에 걸렸다.

"아니. 약속이 있어서. 미안하다."

"괜찮아요, 형."

식사를 제안했지만 거절당했다. 박동준 형은 의도적으로 나를 피하는 거 같았다.

나라는 사람이 싫기보단, 나를 보며 떠오르는 생각들이 싫겠지.

이해가 갔다.

그래서 살짝 빨리 걸어 먼저 학원에 도착했다.

"B반이라. B반."

항상 가던 D반이 아닌 B반으로 향했다.

인사 하고 지내는 D반 학생들을 만나서 손을 흔들었다.

그들은 반갑게 인사를 하다 방향을 트는 날 보곤 갸우뚱해했다.

"야!"

누군가가 등을 툭 쳤다.

이번엔 목소리만 듣고도 알아차릴 수 있었다.

"여진아."

내가 방긋 웃자 여진이도 배시시 웃어주었다.

"너 일어난 지 얼마 안 됐지? 나는 새벽에 일어나 공부했는데!"

"역시 A반답네. 본 받아야겠어."

"점심 약속 있어?"

최여진이 손가락으로 자신의 머리를 쓸었다.

내가 사준 액세서리를 하고 있었다. 수수한 그녀에 비해 너무 싸구려처럼 보였다.

더 비싸 보이는 게 어울리는 그녀인데.

그래도 하고 와준 게 너무 고마웠다.

"헤헤. 잘 어울린다."

"바보야. 질문에나 대답해."

"으응! 없지! 같이 먹자, 제발."

내가 장난치듯이 최여진을 졸랐다.

최여진이 웃으며 고개를 끄덕였다.

"그래, 그럼! 열심히 하렴!"

"으응! 너도!"

월반 한 뒤에 만나서 다행이다.

그녀 앞에선 도저히 D반에 들어설 수 없을 거 같았다.

최여진을 보내고 B반에 들어섰다.

확연히 분위기가 달랐다. 웅성거리긴 커녕 모두 책상에 시선을 고정하고 있었다.

"후우."

뭔가 무거운 공기가 가득했다.

함부로 기침도 못할 거 같은 분위기.

다들 A반으로 올라가기 위해 무섭게 공부 중인 거 같았다.

"음."

나도 앉아서 책과 노트를 꺼냈다.

그리곤 지난번에 공부한 것들을 훑었다.

으. 0포인트 상태가 아니라 집중이 되지 않았다.

"저기요."

"네?"

"반가워요, 전 이희준이에요."

또래로 보이는 사내놈이 다가와 옆에 앉았다.

그리곤 친화력 있게 먼저 자신의 이름을 속삭였다.

나도 모르게 속삭임으로 대답했다.

"전 김준후예요. B반으로 온 지 얼마 안 됐어요."

"아아. 그래서 못 봤구나."

"여기 분위기 장난 아니네요."

"네. 함부로 목소리도 못 높여요. 이렇게 속삭여서 말해야 되죠."

다행히 오자마자 B반 학생과 말을 붙였다. 계속 어색하진 않아도 될 거 같다.

"근데 제가 궁금한 걸 못 참아서 그런데. A반 여신이랑 무슨 관계에요?"

"네?"

"아까 다 봤어요. 아, 무례했으면 죄송해요. A반 여신이라 궁금해져서."

"A반 여신이요?"

보나마나 최여진 얘기였다.

충분히 예쁜 것은 인정하지만, 실제 여신으로 알려질 정도로 유명한지는 몰랐다.

"그냥 친하게 지내고 있어요."

솔직히 분위기만 봐서는 더 세게 말해도 될 거 같았다.

하지만 액세서리 좀 하고 와줬다고 함부로 그녀 맘을 가정할 순 없었다.

그래서 일단 안전한 선에서 말했다.

"아아. 그래요? 아무튼 잘 부탁해요. 대단하시네, A반 애들은 우리 같은 학생들이랑 잘 안 놀아주는데. 수준 떨어진다고."

이희진의 말에 묘한 기분이 들었다. 최여진은 전혀 그렇게 차별하는 사람이 아닌데.

"에이, 그냥 그렇게 느끼는 거 아니에요?"

"아니에요. 우릴 얼마나 깔보는데요. 그나마 더 아래

반이 아니어서 망정이지. 안 그러면 그쪽이랑도 말도 안
붙였을 거에요.”

함부로 말하는 이희진에 살짝 기분이 더러워졌다.

대체 무슨 근거로 말하는 건지 모르겠다.

일종의 열등의식 같았다.

아니면 A반 누군가에게 된통 당한 적이 있나.

나는 다시 내 공부에 집중하기 시작했다.

“여, 정리 해왔어?”

공부를 하려는데 또 누군가가 이희진 앞으로 와 앉았다.

내가 자리를 잘 못 잡은 건가.

“으, 응. 자.”

“수고했다잉.”

이희진 앞에 앉은 학생은 키가 크고 살집이 있는 학생이
었다.

단순히 살집이 있는 게 아니라 힘이 세 보이게 살집이 있
었다.

게다가 머리를 노랗게 물들이고 입고 있는 반팔에는 문
신이 삐져나와 있었다.

“아오, 저 쌩 양아치 새끼.”

이희진이 분해하며 이를 갈았다.

내가 묻지도 않았는데 뒤이어서 설명을 했다.

내게 말하며 분을 삭이려는 거 같았다.

그래서 그냥 들어주었다.

잘 됐다.

이희진을 갑질 포인트 소모 대상으로 쓰면 되겠다.

"A반에 있다가 내려온 양아치예요. 놀랍죠? 저렇게 생긴 놈이 A반에 있었다니. 원래 공부도 노는 것도 다 잘하자는 주의인데, 개뿔. 그냥 아버지가 사장이라 잘 사는 거 뿐이지. 우리 반 애들 노트 뺏고 다니는 놈이에요. 지 성적 올린다고. 뭐, 돌려주긴 하지만."

"이름이 뭔데요."

"김철욱이요. 개 띠꺼워요."

이희진은 이를 바득 갈았다.

김철욱은 직접적으로 B반 학생들에게 시비를 걸진 않는 거 같았다.

대신 당연하다는 듯이 노트를 취하고 다녔다. 사진을 찍고는 금세 돌려준다고 했다.

"A반 출신이라고 얼마나 깔보는 지. 아오, 새끼."

나도 묵묵히 김철욱을 바라보았다.

B반 분위기가 좋다고 생각했는데. 저 학생이 흐리고 다니는구나.

나는 일단 수업에 집중해야 했기에 이희진에게 말했다.

"지우개 좀 빌려주세요."

[갑질 1포인트 소모.]

"연필도 좀 빌려주세요."

[갑질 1포인트 소모.]

0포인트 상태에서 B반 수업은 얼마나 쉽게 느껴질까.

맘에 약간의 설렘이 깃들었다.

❖

내심 걱정했는데 그럴 필요는 없을 거 같았다.

월반 시험에서 본 극상 난이도 문제는 역시 A반 수준이었다.

B반 수업은 따라갈 만 했고, 아는 내용도 더러 있었다.

"흠."

노트 필기를 하며 열심히 수업에 집중했다.

옆을 보니 이희진도 제법 공부에 열중하고 있었다.

열등의식이 있는 거 같긴 했지만, 본심은 A반에 올라가고 싶은 걸 테지.

"흐으음."

반면 뒷자리에 앉은 김철욱은 대놓고 엎드려 자고 있었다.

저러니 다른 학생들의 노트를 필요로 하지.

B반 수업이라고 무시하는 건가.

"아. 이건가."

"네. 그렇게 푸는 거 맞아요."

한편으론 어색하기도 했다.

항상 옆에는 스마트폰으로 게임을 하거나 동영상을 보던 박동준 형이 있었는데.

이번엔 오히려 모르는 부분을 확인시켜 줄 이희진이 앉아 있었다.

말투만 아니라면, 열심히 공부하는 학생이라 나쁘지 않다.

"자, 여기서 꼬이는 부분 들어갑니다. 집중 잘하세요. 놓치면 답도 없어요!"

확연히 달랐다.

김철욱을 빼곤 모두가 집중했다.

그러니 분위기에 취해 나도 공부할 맛이 났다.

미묘하게 경쟁의식도 생겼고.

그에 너해 강사도 완전히 신이 나서 가르쳐주는 모습이었다.

아이들의 집중하는 눈길에 잔뜩 뿌듯해하는 게 느껴졌다.

"허."

"왜 그러세요?"

"아, 아니에요. 이해 안 되던 게 되어서요."

"아아."

그러고 보니 던전에서 신분상승 했을 때랑 비슷한 기분이다.

2층에서 3층으로 올라갔을 때처럼, D반에 있다가 B반에 오니 모든 게 남달랐다.

확실히 나는 서열이 가증스럽다 생각한다.

하지만 결코 벗어날 수 없는 시스템의 특성이기도 한 거 같다.

"자! 그럼 여기서 어떻게 풀어야 할까요?"

"방금 가르쳐 준 공식 대입하면 되지요."

"바로 그거죠!"

강사와 학생 간의 호흡.

일방적인 수업이 아니었다.

학생들은 과연 공부할 태도가 돼 있었다.

"아하, 이거구나."

게다가 D반과 달리 B반 강사는 학생들보다 학원 내 서열 뿐 아니라 사회 서열도 더 높았다.

아마 명문대 출신에 고액을 받는 정규직 강사가 아닐까.

내 월반 시험을 감독했던 강사는 듣기로 휴학생에다 학자금 대출을 갚는다고 했다.

학원에 흔히 도는 정보 중 하나였다.

"흠."

던전 뿐 아니라 사회의 모든 면이 서열로 나뉘어져 있단 게 한편으론 얄궂게 느껴졌다.

"자! 이제 짧게 쉬고 다시 돌아와 집중합시다."

"네에!"

금세 1시간이 훌쩍 지나갔다.

"흐아암. 어이, 너. 매점 가기 전에 노트 좀 주고 가."

"응."

김철욱은 그제야 벌떡 일어나 앞자리 학생의 노트를 뺏었다.

내내 자다가 대가 없이 수업 내용을 파악하려는 것이었다.

나는 이희진과 매점으로 향했다.

"근데요. 왜 다들 김철욱에게 꼼짝 못하는 겁니까? A반에서 왔고 덩치가 좀 있다곤 하지만, 그냥 거절하면 되는 거잖아요."

"으. 그게요, 쉽지 않아요. 학원 안에선 당연히 아무 짓 못하죠. 그러면 바로 퇴출인데! 근데 재수 없게 밖에서 만날 일이 많거든요. 저 자식 놀다 온 놈이라 인맥도 장난 아니고."

"그니까 결국 보복이 두려워 그러는 거죠?"

"어쩌겠어요. 더러워도 참아야지. 대학 가려면."

"이거 드세요. 사드릴게요."

[갑질 1포인트 소모.]

"아, 네."

음료수를 사주며 자연스레 갑질 포인트를 소모했다.

이런 방식이면 전에 박동준 형이 그랬던 거처럼 발끈하지 않을 것이다.

예상대로 이희진은 음료수를 받아먹고도 표정 변화가 없었다.

"돌아가죠. 으! 수능 일이 이제 진짜 얼마 안 남았네."

"네."

수능을 보기 전에 A반으로 월반하고 싶다.

한 번 내기에서 이겼으니, 이례적이더라도 원장님이 다시 기회를 줄 거 같다.

홍보에도 써먹기 좋을 테니까.

물론 다른 학생들은 가급적 모르게 해야 할 것이다.

"자! 다시 집중합시다!"

수업이 시작되자 다시 김철욱이 엎드려 잠을 잤다.

정말 대놓고 쉽게 가려는 태도였다.

강사는 그런 그를 그냥 무시했다.

"후."

그러건 말건 나는 0포인트 상태의 맑은 정신을 만끽했다.

전과 마찬가지로, 정신을 차리자 어느새 1시간이 지나있었다.

오늘 배운 내용들을 완전히 이해했다.

"같이 밥 드실래요?"

이희진이 쑥스럽게 물었다.

"아, 죄송해요. 선약이 있어서. 대신 전화번호 좀 알려주세요."

"이야, 설마 A반 여신?"

이희진이 부럽다는 듯이 픽 웃었다.

나는 조용히 고개를 끄덕였다.

숨길 이유는 없지. 어차피 복도에서 대놓고 대화도 나누는데.

"이야. 장난 아니다. 키가 크고 훈훈해서 그런가? A반 여신이 밥도 같이 먹어주고!"

또 이희진은 미묘한 어투로 말했다.

모른 척 하고는 그냥 전화번호를 주고받고 헤어졌다.

살짝 불편한 사람이긴 하네.

그래도 쓸모가 있으니 일단은 참아보려고 한다.

"어, 여진……."

A반에서 친구들과 수다 떠는 여진이를 부르려다 말고 말소리를 줄였다.

"아, 머리야."

머리가 지끈지끈 아파왔다.

복도 끝자락에 찰스 리가 서 있었다.

놈을 보자 순식간에 잊고 있었던 그 간악한 얼굴이 생각났다.

갑질에 의한 강제 망각이 상기 효과로 탁 풀려버린 것이다.

양복을 입고 있어 얼핏 보면 잘생긴 강사 중 하나로 보였다.

"낄낄."

찰스 리가 조용히 손가락을 까닥였다.

굳이 갑질을 당하지 않았음에도 나는 조용히 그에게 걸어갔다.

그러면서 재빠르게 그간 겪은 일들을 머릿속으로 정리했다.

설마 올림푸스 때 일을 들킨 건 아니겠지.

"잘 지냈나? 사수 보고 싶어서 어쩔 뻔 했어? 아차, 내가 그 때 맛보기로 얼굴에 대한 기억을 지웠었나?"

"예. 무슨 일로 오셨는지."

"일단 차로 가서 얘기하자고."

어차피 찰스 리는 원하면 내게 갑질을 할 수 있었다.

아직 알파 권능인 하극상을 터득하지 못했다.

"하!"

저번에 본 그 고급 외제차였다.

나는 조수석에 탄 다음 말없이 찰스 리의 말을 기다렸다.

괜히 속내를 먼저 드러내서 좋을 게 없지.

"용케 살아있군. 하긴. 그 짐승 같은 놈들이 사람인 척 하려고 함부로 살인을 저지르고 그러진 않지. 물러 터져 서리."

내가 정리한 생각이 맞다면, 찰스 리는 나를 전형적인 세뇌 능력자로 생각할 것이다.

그러니 내가 독특한 신분이라 가디언즈에서 영입하려 한다는 사실도 모를 것이다.

"저번엔 버리고 가서 미안했어. 너무 섭섭하게 생각하지 말라고! 너랑 달리 나는 붙잡히면 안 되는 몸이라서 말야. 봐! 너는 멀쩡히 일상생활을 하잖아. 놈들도 너 같은 작은 물고기엔 관심이 없는 거지."

찰스 리가 내 어깨를 툭툭 쳐주었다.

사과인지 조롱인지 모르겠다. 그 일 때문인지 오늘 찰스는 덜 거칠었다.

"놈들이 무슨 소리를 했지?"

본격적인 용건이 나왔다.

여차하면 갑질을 당해 아는 사실을 모두 실토하게 될 수도 있다.

말을 잘 해야 의심을 받지 않을 것이다.

잠깐 본 찰스 리의 성격에 의하면, 귀찮아서라도 일일이 있던 일을 다 읊으라고 하진 않을 것이다.

"가디언즈라더군요. 저나 사수님 같은 세뇌 능력자들을 견제한다고. 제게 경고를 하고 갔습니다. 사수님처럼 되지 말라고."

찰스 리는 내게 이름을 말해준 적이 없다.

그러니 말실수를 하면 곧바로 의심을 받게 된다.

"히힉. 사수님이라. 이제 받아들였나 보군. 그래, 그 짐승 놈들은 알맹이가 없는 말밖에 못 해. 우리랑 다르게 말이지. 저번엔 쥐새끼처럼 내 사업장을 털었더라고."

그 말에 조용히 심호흡을 했다.

그 도둑질을 한 쥐새끼가 바로 나였다.

"아. 파티가 있는데, 올래? 아무리 쓸모없는 녀석이라도 챙겨는 줘야지. 내가 명색이 사수인데, 흐흐!"

찰스 리가 초대장을 건넸다.

나는 그것을 받아들었다.

"약속이 있어서 그런데, 가 봐도 될까요."

"아유. 또 별 거 없는 서민들이랑 밥 먹으려고? 해봤자 싸구려 음식일 거 아냐."

"전 좋습니다."

"안 돼. 앞으로도 그러면 안 된다고. 질 떨어져. 내 입장도 생각해줘야지. 저번에 말하지 않았나? 수준에 맞춰 살아야 된다고."

"노력해보겠습니다."

최대한 딱딱하게 찰스 리의 장단에 맞춰주었다.

다행히 별다른 의심은 하지 않는 거 같다.

아무리 내 뒷조사를 했어도, 내가 100만원을 지급받는 걸 보지 못한 이상 내가 추가 각성이 가능한 존재라는 건 알지 못할 것이다.

"그럼 다음에 봬요, 사수님."

"잠깐."

차를 나가려는데 나지막이 찰스 리가 말했다.

"너, 가디언즈랑 한통속 된 거는 아니지? 있는 그대로 대답해."

가슴이 철렁 내려앉았다.

다행히 난 아직 가디언즈에 들어가지 않았다.

그 생각을 품고 있자 갑질을 당했어도 안전한 대답이 나왔다.

"아닙니다."

"히희! 혹시나 해서 물어본 기였어. 그래, 그렇게 멍청하진 않겠지. 아무리 재수생이라도, 킬킬킬!"

찰스 리를 뒤로 하고 다시 재수학원으로 향했다.

빨리 최여진을 만나서 이 역한 기분을 떨쳐내야겠다.

우웅.

문자가 하나 왔다.

구마준이 보낸 문자였다. 당연히 번호만 외우고 연락처 저장은 하지 않았다.

-준후 군. 피 검사가 끝났어. 호환성이 99.9% 적합한 걸로 판명 났네. 언제든 말만 해주면 준비시켜 놓을게.

곧바로 답장을 쓰고 구마준의 문자를 지웠다.

-오늘 갈게요.

일단은 최여진에게 돌아갔다.

나를 기다리고 있었는지 반갑게 손을 흔들어주었다.

"준후야!"

"으응!"

나도 마주 손을 흔들었다.

"음?"

헌데 최여진 뒤편에 그녀를 째려보는 한 무리의 여자들이 있었다.

뭔가 이상한 예감이 들었지만 일단 무시하고 최여진에게 집중했다.

"가자! 오늘은 내가 산다, 하핫. 근데 미안하게도 고급 레스토랑은 아니야."

그렇게 말한 최여진에게 진지한 표정으로 대답했다.

"여진아. 중요한 건 메뉴가 아냐."

"으! 느끼해!"

"하하."

최여진이 내 장난에 싫지 않다는 듯 웃었다.

그녀와 한식집에 들러서 백반 정식을 시켜 먹었다.

어느 정도 식사를 하고 얘기를 나눈 뒤 슬쩍 운을 띄웠다.

"A반은 어때?"

"뭐, 다들 목숨 걸고 공부하지 뭐. 약간 분위기가 날카롭긴 해."

"아아. 애들은 다 착하고?"

내 말에 잠깐 최여진의 표정이 변했다 말았다.

뭔가 숨기는 거구나.

"그러엄. 다들, 뭐, 착한 편이야."

그 이상 묻진 않았다. 하지만 뭔가 불편한 점이 있단 게 느껴졌다.

일단은 다른 주제로 얘기를 돌려 무난하게 점심 식사를 마쳤다.

최여진이 걱정 되서 전처럼 기분이 계속 좋기만 한 건 아니었다.

내가 뭐라고 벌써 이렇게 걱정을 하는 거지.

"이제 학원가서 자습하려구?"

"응! 넌 안 가?"

최여진이 아쉽다는 표정으로 말했다.

그 모습에 또 피식 웃음이 나왔다.

"응. 할 일이 있어서."

"아, 그래……. 저번에 말한 그 아르바이트 자리인가."

"맞아. 하하. 열심히 일해서 너 맛있는 거 사줘야지."

"……그래도 학생이니까 돈보단 공부가 먼저 아닐까. 아! 물론 그냥 내 생각이야."

최여진이 나를 위해서 하는 말이라는 걸 알았다.

그래서 별로 신경 쓰지 않고 고개를 끄덕였다.

"물론이지. 곧 A반으로 올라갈게. 먼저 열심히 하고 있어."

"진짜다?"

내 말에 최여진이 눈을 동그랗게 떴다.

그녀도 내심 나랑 같이 수업을 듣고 싶은 걸까.

힘차게 고개를 끄덕였다.

"물론!"

그렇게 최여진을 학원에 보내주고 3G 폰으로 구마준에게 문자를 넣었다.

－어디로 가면 됩니까.

－주소를 찍어주게. 차를 보내겠네.

나는 번화가로 이동해 카페에 자리를 잡았다.

그리곤 구마준에게 문자로 주소를 찍어주었다.

항상 문자는 바로바로 지우고 있다.

"라떼 하나 시킬게요."

"네, 손님."

마실 것을 사서 창밖을 바라보며 생각을 정리했다.

매 번 찰스 리에게 당하고 살 순 없다.

내 사수랍시고 본격적으로 나를 도구처럼 쓰려 할 텐데.

단기간에 놈보다 사회 서열을 올리는 건 불가능하다.

"습."

그렇다면 당할 때 당하더라도 쉽게 죽지 않을 만큼 강해져야 한다.

또한 급격히 사회 서열을 올릴 방도를 찾아야한다.

답은 간단하다. 인공 각성.

그러기 위해선 가디언즈에 합류해야 한다. 잠복 요원으로써.

"후우우."

인공 각성과 하극상을 터득하면 분명 더 자유로워지긴 한다.

그래도 항상 찰스 리에게 거짓말을 할 수 있는 건 아니다.

갑질로 심문이라도 당하면 그대로 탄로가 난다.

아직 뫼비우스 초끈의 숙련도가 낮아 하극상 확률도 마찬가지로 낮다.

일단 생각해둔 게 있다. 구마준에게 물어보면 알려주겠지.

"김준후 씨. 차가 준비되었습니다. 같이 가시면 됩니다."

"네."

카페에 앉아 있자 양복을 입은 덩치 큰 사내가 다가왔다.

가디언즈에서 보낸 헌터인 거 같았다.

"보안 때문에 눈을 좀 가리겠습니다. 양해해 주십시오."

"네."

검은 밴에 올라 타 눈을 가리고 대략 3시간 정도를 이동했다.

이후엔 꽤 규모가 있어 보이는 비밀 연구소에 도착했다.

산속에 숨겨져 있는 공간이었다.

겉으로 보기엔 작아보였는데 안으로 들어가자 규모가 굉장했다.

"허! 무슨 정부 연구소 같네요."

"예산 규모론 결코 밀리지 않죠. 가디언즈는 여러 길드에서 펀딩을 받거든요."

들자하니 가디언즈는 그저 소수의 헌터가 세뇌 능력자들을 견제하고자 만든 조직이 아니었다.

대다수의 헌터들이 엄청난 자금을 모아 운영하는 특수 정예 조직 같았다.

세뇌 능력자들도 그만큼 세력이 만만치 않겠지.

높은 확률로 두 세력 모두 국제적인 범위로까지 활동할 것이었다.

"구마준 대장님이 기다리고 계십니다. 바로 모시겠습니다."

"네, 감사합니다."

수많은 연구원들과 헌터들이 보였다.

신축 건물이라 그런지 지하실은 세련되고도 깔끔한 분위기를 풍겼다.

반투명한 방에 들어서자 구마준이 기다리고 있었다.

"어서 와. 앉게."

"예."

"생각보다 가디언즈 규모가 크지?"

구마준이 내 표정을 보고 예상했다는 듯이 느긋하게 말했다.

전엔 그저 용병처럼 보였는데 이젠 좀 더 그럴싸해 보였다.

옷도 일부러 후줄근하게 입는 거였구나.

"네. 생각했던 거보다 훨씬 크네요."

"여긴 한국 지부일 뿐이야. 본사를 보면 입이 떡 벌어질 걸세. 펜타곤 못지않은 요새니까 말야. 미국에 위치해 있지."

"헌터들의 지원을 받는다 들었습니다. 대기업 못지않은 길드들이 돕는다면서요."

"그만큼 중대한 일이니까. 말로 사람을 노예 부리듯 하는 일을 방치할 순 없잖은가."

"뭐……. 노예 부리듯이 해선 안 되겠죠."

한편으론 나도 갑질 능력사라 찔리는 기분이었다.

그래도 확실히 난 찰스 리 같은 자들과는 다른 사람이다.

"그래. 결정을 내린 건가?"

"그 전에 여쭤보고 싶은 게 있습니다."

"편하게 물어보게."

덜컥 인공 각성을 얻을 순 없었다.

잠시 서열을 올려 갑질로 가디언즈에서 인공 각성을 빼낼까도 생각해봤다.

하지만 너무 오래 걸릴뿐더러, 이런 규모라면 보안이 장난이 아닐 거 같았다.

그래서 현실적으로 얻는 방법은 가디언즈와 손을 잡는 것뿐이었다.

그렇다고 무작정 들어가기엔 너무 위험했다.

"여기 오기 전 또 찰스 리가 찾아왔습니다."

"보디가드에게 보고 받았네. 다행히 별 일 없었다는군. 놈이 곧 파티를 열 텐데, 거기에 초대 했겠지?"

"맞습니다."

항상 의식은 하고 있지만 불편한 건 어쩔 수 없다.

내가 연예인도 아닌데 누군가 일거수일투족을 지켜보고 있다니.

그래도 사생활이 침해될 정도는 아니었다.

최여진과 나눈 대화까지 다 아는 정도는 아니었으니.

"놈이 가디언즈와 손을 잡았냐고 물어왔습니다. 실제 그랬다면 꼼짝 없이 실토할 뻔 했죠."

"우리가 곧장 구해냈을 걸세. 설사 그런 일이 벌어졌어도. 그리고 우리 쪽에도 기억을 지우는 능력자가 있어. 원하면, 매 번 기억을 잠재웠다가 일깨워줄 수 있네."

"아! 그런 방법도 있나요?"

"특정 기억만 잠재울 수가 있지."

"그럼 헌터들도 사람에게 능력을 쓸 수 있긴 하군요."

내 말에 구마준이 굵은 콧등을 손가락으로 쓸었다.

꽤 인상 깊은 버릇이었다.

"누구든 사람을 주먹으로 때리면 응당 효과가 나타나기 마련이지. 마찬가지로, 우린 주먹이나 칼자루가 한 두 개 더 있을 뿐이야. 세뇌 능력은 오로지 사람에게 써야 의미가 있는 거잖나. 우린 틈새의 괴수들을 죽이는 목적이고."

구마준은 세뇌 능력자에 대한 적대감이 꽤 강한 거 같았다.

그만큼 내게서 많은 가능성을 봤다는 뜻이었다.

"기억을 조작할 수 있다면 꽤 안전할 거 같습니다. 가디언즈에 대해 잊고 단순히 대장님과 1대1로 거래한 거라 기억하면 되니까요. 그러면 찰스 리가 구체적으로 묻지 않는 이상 들킬 일은 없겠죠."

다행히 가디언즈는 그리 허술하지 않았다.

이미 나를 잠복 요원으로 활용할 전략까지 구상해 놓았다.

"그래. 찰스 리는 나를 아예 몰라. 게다가 여러 인챈트 아이템을 지급할 수 있네. 각성할 경우, 마나를 주입하면 활성화되는 것들이지. 기절하거나 잠들지만 않으면, 고농축의 수면 가스를 뿌리게 할 수도 있어."

"그럼 주변에 있는 세뇌 능력자들을 재울 수 있겠군요."

"바로 그거네. 아직 우리와 손잡을 거라 결정하지 않아서 일일이 설명하지 않은 거였네. 굳이 그럴 필요는 없었으니까. 게다가 각성하면 방법이 아주 많아지네."

"으음."

연구실 직원 중 하나가 아이스커피를 타왔다.

나는 그것을 한 번에 꿀꺽꿀꺽 마셨다.

생각보다 인공 각성을 택하는 게 나쁘지 않은 선택 같았다.

하극상이란 추가 보상을 제외하더라도 말이다.

약 20분 동안 열심히 머리를 굴렸다.

구마준은 차분하게 기다려주며 자신의 업무를 봤다.

"알겠습니다. 하겠습니다."

"잘 결정했네. 어차피 둘 중 하나여서 언젠간 수락할 거라 생각했네. 저들처럼 악독한 엘리트가 되거나, 우릴 돕거나. 우리가 파악한 자네의 인격 상 우리와 가까울 거라 생각했네."

반드시 내 인격 때문은 아니었다.

내가 생각하기에 가디언즈 쪽을 돕는 게 더 이득이라 그렇게 판단했을 뿐이었다.

어쨌든 만족스러운 선택이었다.

"가지."

"준비가 돼 있는 겁니까?"

"물론이네."

뫼비우스 초끈이 모든 것의 중점에 있었다.

밤에 던전에 눈을 뜨는 것.

그리고 갑질 능력을 얻은 것.

이제는 하나가 더 얹어질 것이다.

헌터로서의 각성!

〈2권에서 계속〉